ifの悲劇

浦賀和宏

角川文庫
20291

目次

プロローグ

「パラレルワールドをテーマにした小説を書きたいんです」

　俺は担当編集者の、何か新しい構想はないんですか？　という質問にそう答えた。

「パラレルワールド？　架空戦記みたいな？　まあ人気があるからいいけど、加納《かのう》さんには向いてないんじゃないかな？　天下国家をテーマにした話よりも、もっとパーソナルな話のほうがいいというか」

　架空戦記とは歴史を語る上でタブーとされている、もしあの時ああなっていたらという『if』を追求した小説だ。もし日本がアメリカ・イギリスと組んでソ連と戦っていたら、もし日本が広島、長崎の原爆投下後も戦い続けていたら、もしアメリカの南北戦争で南軍が勝利していたら——主にノベルスと呼ばれる新書判の形態で多く出版されている。

「いいえ、架空戦記みたいな大仰な小説じゃないんです。正直、あんまり歴史の知識もないし――僕が書きたいのは、正に仰《おつしや》るような、個人的な話なんです」

「と言いますと？」

「たとえば、今僕たちはジンギスカンを食べていますよね？」

俺と担当の前に置かれた鉄板の上には、大量のもやしと羊の肉が焼かれている。正直、妹の葬式の後に肉など食う気はしなかったが、じゃあ何であれば喉《のど》を通るのか、と訊《き》かれても返答に困るだけなので、言われるままについてきたのだ。

葬式の間中、俺は憔悴《しようすい》しきっていて、ほとんど何も口にしなかったので、ジンギスカンを食わせて無理にでも精力をつけさせようという担当の心遣いかもしれない。

「もしこれがジンギスカンじゃなくて寿司《すし》だったら？」

寿司屋も実家の近くにある。

「寿司はお通夜で食べたからいいと、加納さん仰ったじゃないですか」

「別に寿司の方が良かったと言っている訳じゃないんです。食事みたいな些細《ささい》なことでも、何を食べたかで未来は確実に変わるでしょう？」

「たとえば寿司は生ものだから食中毒になる可能性が高いとか？」

「もしそんなことにでもなったら、今、僕らがジンギスカンを食べている世界とは、違う世界が生まれるはずです。食中毒といっても、死ぬこともありますからね。たとえ死ななくても治療のため入院することにでもなったら、その間、仕事ができなくなるでしょう？　食中毒を出した寿司屋も店を畳むことになり、僕らを逆恨みして命を狙うかもしれない」

「分かりました。それってバタフライ効果というやつでしょう。蝶《ちょう》が羽ばたいたら地球の裏側で竜巻が起きるっていう」

俺の言葉を遮るように担当が言った。聞き馴染《なじ》みのない言葉だったが、言わんとすることは分かった。

「食事みたいな些細なことでも、その後の未来は大きく変わるかもしれない。それを寿司パートとジンギスカンパートで交互に描くんです。別に食事じゃなくてもいいんですよ。右の道を通って帰るか、左の道を通って帰るか——もっと大げさに、次の作品はどちらの出版社から出すかとか」

「そんなこと言わず、ぜひうちから出してくださいよ」

俺の冗談に、担当は卑屈に笑った。

「でも、現実問題それを小説にするとなると少し難しくないですか」

「無理がありますか？」

「寿司を食べようとジンギスカンを食べようと、そこで僕らが話す会話が大きく変わるとは思えません。今食べている食事の話題以外は、同じ話をすると思います。加納さんの仰る寿司パートと、ジンギスカンパートが交互に進んでいったら、読者は同じ会話を二回読まされることになりませんか？　それはちょっと上手《うま》くない」

「いや、もちろんそれは分かっていますよ。だから会話が重複する部分は、省略するんです。たとえば寿司パートで登場人物が交わした会話は、次のジンギスカンパートでは地の文で、彼らは何々についての話をした、と一行で済ませば会話の重複にはなりません」

「まあ、それならいけるかもしれませんね。でも不思議です」

「何がですか？」

「それって、つまりSF的な話でしょう？　加納さんは今までSFの類《たぐ》いはいっさい書かれなかった。それがどうして急に――」

訊かずとも答えを悟ったのか、担当の言葉が少しずつ小さくなってゆく。

「心境の変化ですよ。そりゃたった一人の肉親が死ねば、いろんなことを考えます。あの時、違う選択をしていれば、妹は死なずに済んでいたんじゃないか、と――」

担当は箸《はし》を置き、答えた。

「妹さんが亡くなられたこと、本当にお気の毒です。さぞお辛《つら》いでしょう。我々に出来ることがあればなんでもするので遠慮なく仰ってください」

じゃああんたは、俺が奥津《おくつ》を殺してくれと言ったら殺してくれるのか――そんなことを考えて、思わず自嘲《じちよう》した。

「いえ、お忙しいのに、わざわざ網走《あばしり》にまで来て頂いて、それだけで感謝しています。妹も喜んでいると思います。ありがとうございました」

俺は殊勝に頭を下げた。

「とりあえず、そのパラレルワールドの話は、編集長と相談させてください。後日ご連絡差し上げます」

どうせ、花田《はなだ》欽也《きんや》のカラーに合わない、今新しいジャンルに手を出すのは得策ではない、などという理由でボツになるだろう。妹の葬式を手伝ってくれたのは本当に感謝しているが、妹を亡くした自分を彼はどんな気持ちで見ているのだろう。そんな想いが頭をぐるぐると渦巻いた。

1

いつから妹の彩《あや》を愛するようになったのか、それは分からない。そもそも男が女を愛するのに、具体的な理由がいるだろうか。愛した女がたまたま妹だっただけに過ぎない。

俺たち兄妹《きょうだい》は父を早くに亡くし、母も俺が自立するのと時を同じくしてガンでこの世を去った。あだち充《みつる》の漫画で、同居する血の繋《つな》がらない妹に恋をするというものがある。俺はその漫画を夢中になって読んだ。主人公と妹を、自分と彩に投影した。自分でも頭の中で物語を作り始め、やがてそれをきちんとした形にしたくなった。漫画を書けるような絵心はなかったから、取りあえず小説を書き始めた。小説家になりたいと思ったことはなかったし、一種のストレス発散のようなつもりだった。しかし、もともと才能があったのだろう。すらすらと、いくらでも書くことができた。

俺は大学卒業後、札幌《さっぽろ》のとある商社に就職した。だが一流大学を出ていない俺がやっとの思いで就職した商社は、数年後には円高不況のあおりを受けて会社が傾きかけていた。自分の身の振り方を真剣に考えなければならない時期、俺はふと書き溜《た》めた小説に手を出した。会社の倒産は確実だったから、これで求職中の生活費を稼げたらいいな、という軽い気持ちだった。

俺はその作品を軽く手直ししてから、各新人賞に送った。するとある賞の最終選考に残り、仮に受賞を逃しても良い作品だから出版しようと編集者が連絡してきた。望外の喜びだったが、内容は妹に恋い焦がれる気持ちを素直に綴《つづ》ったものだから、こんな小説を知人、特に彩に読まれるのは避けなければならない。だから本名での出版はできなかった。

ペンネームは適当に花田欽也とつけた。山田洋次《やまだようじ》監督『幸福《しあわせ》の黄色いハンカチ』で狂言回し的なキャラクターとして登場した武田鉄矢《たけだてつや》の役名だった。北海道が舞台のこ

かった。

ともあり、道民には人気の映画だ。

花田欽也の本はそれなりに売れた。予想通り会社は倒産したが、サラリーマンをやっていた時代よりも年収が遥《はる》かに多くなったのだから、転職活動をする気にはなれなかった。

俺が就職のために札幌に出て以来、彩は網走の実家で一人暮らしをして、市内の専門学校に通っていた。そして専門学校を卒業すると、夕張《ゆうばり》のY商事という商社に事務として就職を決め、夕張にアパートを借りて住むことになった。俺は彩と入れ替わるように網走に戻った。会社が倒産した今、札幌に住む理由はない。実家で暮らせば、そのぶん家賃が浮く。作家などいつまで続けられるか分からないのだから、稼げるだけ稼ぎ、節約して金を貯めるつもりだった。

やがて彩は同僚の男性社員と婚約した。さすがにその頃になると小説を書いて金を稼いでいることを白状せざるを得なくなった。その時点で、俺が書いてきた小説の累計部数は数十万部になっていた。それだけ本を売っておいて、家族に知られたくないというのは少し虫が良すぎる話だったのかもしれない。兄が書いた小説を読んだはずの彩が、まるでそのことをおくびにも出さないのが気掛かりだった。あの程度の内容では彩は動揺しないのか、それとも動揺していないふりをしているのか。

とにかく彩の婚約は、妹が他の男のモノになるということだった。それでいいと俺は思った。元々自分のモノでもなかったのだから。

両親ともいないから、俺が彩の父親の代わりに両家の顔合わせの場に出席した。奥津行彦《ゆきひこ》という相手の男は細面の二枚目で、彩も世間一般の女と同じように顔で男を選ぶのか、と幻滅したが、もちろんそんな態度は出さなかった。

彩と一緒に、奥津の独り住まいのアパートに招かれたこともあった。

「僕が普段、どんな暮らしをしているのか。お兄さんにお見せしたいと思って」

などと奥津は言った。男の独り住まい然とした殺風景な部屋だったが、奇麗に整理整頓《せいとん》されていた。キッチンの大きな床下収納から、珍しい外国の缶詰や薫製を次々に出してきて、それを肴《さかな》に三人でビールを飲んだ。そこに人が隠れることができそうだと、床下収納のスペースを見やりながら俺は思った。

2

結婚の準備が粛々と進んでいたある日曜日、俺は奥津と二人だけで会うことになった。相談したいことがあるのでそちらに伺う、などと言う。

出前で寿司《すし》を取り、夕張から網走まで、遠路はるばるやって来た将来の義弟をもてなした。

「遠いところわざわざごくろうさまです」

「いえ、新千歳《しんちとせ》から女満別《めまんべつ》まで飛べば、二時間半ほどですから。それほどではありませんよ」

寿司をつまみ、ビールを飲みながら、俺は奥津とそんな他愛も無い雑談から始めたが、彼はすぐに本題を切り出した。

「彩さんは僕との結婚を躊躇《ためら》っているようです。何故だか、お分かりですか？　僕にいたらないところがあるんでしょうか？」

顔合わせの席では話しづらかった、少々突っ込んだ話になった。

「お兄さんの方から、彩さんを説得してもらえませんか？」

奥津と結婚するように彩を説得するなんて気が進まなかった。ただ一度ちゃんと兄妹で話し合わなければならないと、奥津が夕張に帰るとすぐに彩に連絡をいれた。

「俺がそっちに、行こうか？」

『ううん。お兄ちゃんが来ることないわよ。私が行くわ。だってわざわざこっちに来たら、当然奥津さんにも挨拶《あいさつ》しなくちゃ変でしょう？』

奥津を下の名前で呼ばないことが、やはり彩は結婚を迷っているんだと思わせた。

その次の週末に、久しぶりに彩は実家に帰ってきた。彩は俺のために食事を作ってくれた。久しぶりの兄妹の夕食だった。

俺は彩に、奥津の何が気に入らないのか、それとなく訊《たず》ねた。

「奥津さんのご両親が——」

「相手の親がどうした？」

彩は何かを言いたそうな顔になったが、

「ううん、何でもないの」

と首を横に振った。

「今から嫁 姑《しゅうとめ》の問題を心配しているのか？」

「そうじゃないのよ」

その彩の煮え切らない態度にいらいらしてしまう。一体何が不満なのだろう。

「他に好きな男がいるのか？」

彩は頷《うなず》いた。

「じゃあ、どうして奥津と付き合った？」

「断れなかったから」

と彩は言った。やはりそうか、と俺は思った。

「どうしてその好きな男と付き合わない？　そんなに手が届かない男なのか？」

どんな男なのだろう。妻子持ちの会社の上司か。あるいは恋人のいる同僚か。

彩は黙り込み、請うような目で俺を見つめた。

まさか、と思った。

「奥津さんが嫌いなわけじゃない。ただ、このままじゃ、まるで自分の気持ちを周囲に誤魔化すために結婚するような気がして。だって結婚したら、一生奥津さんと一緒に暮らすんでしょう？　自信がないの。結婚を後悔してしまいそうな気がして」

「単なるマリッジブルーだよ。奥津に不満はないんだろう？　それなのに今から離婚の心配をするなんて、変だよ」

もしかしたら彩も。

「どうしたらいいの？」

彩はポロポロと涙を流し始めた。そして言った。

「私、お兄ちゃんが好きなの」

その言葉を、俺はどこか遠くで聞いていた。まるで夢の中のような――。

いや違う。これは夢なんかじゃない。今までが夢だったのだ。自分は今、夢から覚めたのだ。

俺はその夜、彩を、実の妹を、貪《むさぼ》るように抱いた。

そして兄妹《きょうだい》の逢瀬《おうせ》が始まった。夕張、網走間の三百キロの距離が憎かった。いつも彩が実家に戻ってくるのは大変だから、こちらから夕張に出向こうかと切り出したことがある。だが、彩はそれを拒否した。いつ奥津と出くわすか分からないという理由からだった。同じ街に住んでいる婚約者なのだ。彩の懸念はよく分かった。

父もいない、母もいない、兄妹だけの城。世間の常識外の世界で、俺たちは王子と姫だった。ふと、自分たちはとてつもない間違いを犯しているのではないか、という考えにとらわれることもあったが、それさえも夜ごとの悦楽の彩りだった。

彩との関係を始めて二ヶ月後、奥津が再び会いたいと連絡してきた。後ろめたい気持ちもあり会いたくはなかったが、拒否すると何かあると思われるので承諾した。

「彩さんは、相変わらず煮え切らない様子です。おかげで式の日取りも決まりません」

再び網走の実家に現れた奥津のその口調に、俺は違和感を感じた。彩が奥津に迷惑をかけているのは間違いないのだ。もう少し憤った口調になってもいいのではないか。しかし奥津の声はどこまでも平静だった。

奥津はおもむろにテーブルに数冊の本を並べた。それらは、すべて俺が花田欽也の名前で書いた作品だった。もちろん奥津は俺が作家であることを知っている。恥ずかしいから自分から話したことは一度もないが。奥津も俺の作品が立派な装丁の文学作品ではないことを感づいているからか、訊《き》いてきたことは一度もなかった。

「わざわざ買ったんですか？　言ってくれたら差し上げたのに」

「ちゃんと読んだということをお伝えしたかったんです」

そう言って奥津は周囲を見回した。奥津がここに来たことは一度や二度ではなかった。しかしそんなふうに彩の実家、現在の俺の住まいを見回したのは、今回が初めてだった。

「最近、頻繁に彩さんがこちらに戻ってくるようですね」

その言葉で、ようやく俺は奥津の意図を悟った。奥津は自分と彩の関係に気づいたのだ。しかしいったい何故――。

「彩さんは荷物の整理と言っていましたが、それにしても回数が多過ぎる気がします」

奥津は俺を見つめた。未来の義兄に向ける視線ではなかった。

「興信所って本当にあるんですね。実際に利用するまでは、二時間ドラマの中だけにしか存在しないものだと思っていましたよ」

そこまでしたのか、と俺は感嘆した。だが、興信所に結婚相手の人となりを探らせるのはよくある話だ。ただ自分から奥津に彩との関係を告白することはできない。それが俺の、最後のあがきだった。

「こういう本、僕も中学生の時はよく読みましたよ。もっとも、ドラゴンとか魔法とかが出てくるファンタジーでしたけど。今は、妹に恋する小説が人気なんですね」

俺の小説を、そして俺自身を、蔑《さげす》んだようなものの言い方だった。ジュブナイルなど大人の読み物としては他愛もないものだろう。だが奥津にとってはどんな官能小説よりも猥褻《わいせつ》に感じられたに違いない。

「僕は彩さんの男性関係を疑っていました。過去の恋愛に未練があるから、僕との結婚を渋っているのだと。でも、その相手があなただとは夢にも思いませんでした」

いくらでも反論することはできた。だがこの期に及んで嘘はつきたくなかった。俺自身、望んでいたのかも知れない。決して報われない、この兄妹の恋にだれかが終止符を打ってくれることを。

「否定、しないんですね」

「否定？　彩が以前よりも頻繁に実家に帰るようになったから、俺と妹の間に関係があると思っているんだろう？　興信所が俺と彩の何を目撃した？　仲むつまじく外食したことか？　それとも一緒に映画を観に行ったことか？　それで俺と彩の間に特別な関係があると思うんだったら思えばいいじゃないか！」

俺がまくし立てても、奥津は決して眼を逸《そ》らさなかった。

「思いますね。恋人の気持ちが離れる原因として、真っ先に考えるのは新しい男の存在です。今回の彩さんの場合、そこにはお兄さん、あなたがいたんです。でも、いくらなんでも――という気持ちもありました。だからはっきりと否定して欲しかった」

彩との関係が喉元《のどもと》まで出かかったが、やはり自分から告白することはできなかった。

「あなたとの結婚は、彩自身が決めることだ。かなり強引に彩との交際を迫ったそうじゃないか。彩も食事をしたりする程度だったら、躊躇《ためら》わずに付き合ったのかもしれない。でも結婚となるとまた別だ。悩むのは仕方がないだろう。もちろん優柔不断な態度を続けているのは悪いと思う。とにかく少しだけ待ってやってくれないか」

そう言って、俺は頭を下げた。

その俺の態度は奥津の目には誠実なものではないと映ったのかもしれない。その日を境に、奥津の彩への態度が急変したからだ。

奥津は社内で彩にすべてをぶちまけた。興信所に俺と彩との関係を探らせたこと、実家に押しかけて俺を追及したこと。噂は社内に瞬く間に広がった。女子社員たちのあこがれだった奥津が、実の兄と関係しているような女を摑《つか》ませられた。奥津は皆の嘲笑《ちょうしょう》の的になった。だが彩に向けられた心ない視線は、奥津の比ではなかった。

彩は会社の屋上から落ちて死んだ。自殺だと警察は断定した。

3

葬儀は親戚《しんせき》たちが取り仕切ってくれた。本来ならば兄の俺が喪主をしなければならないのだが、今の精神状態では不可能だった。奥津と彼の親族はいっさい葬儀に来なかった。Y商事の上司や同僚が何人か参列したが、本当に数えるほどで随分と寂しい葬式だった。

葬儀に参列した彩の同僚だった春子《はるこ》という女子社員から、奥津の新しい婚約者の存在を知らされた。羽賀琴菜《はがことな》という名前で、取引先の専務の娘だと言う。彩の自殺も、その女の存在が影響しているのは想像に難くない。確かに自殺の原因を作ったのは自分だ。しかし、背中を押したのは間違いなく奥津だ。彩を捨て新しい恋人に走ったのだから。絶望して彩は自ら命を絶ったのだ。

目の前に二つの道が開けた。

一つは、彩の死の責任を取って自ら命を絶つ道。もう一つは、奥津を殺し彩の供養とする道だ。俺は迷うことなく、後者を選択した。

その日から俺は、あたかも小説のプロットを作るかのように、奥津殺害計画を練り始めた。

奥津が殺された場合、俺が容疑者に浮上するのは間違いないだろう。たった一人の家族の妹が婚約破棄されて自殺したのだから。

最初は自殺に見せかけて殺すことも考えた。動機は、婚約者を死に追いやった贖罪《しょくざい》だ。だが他殺を自殺に見せかけるのは困難だ。たとえば首を吊《つ》って自殺した死体と、絞め殺された死体は、同じロープを使用したとしても違いが出てくる。絞め殺された死体はロープの痕《あと》が首をぐるりと一周したように残るが、首吊り自殺の場合、頭の重さのせいだろう、耳の後ろに痕が残る。たとえ首吊り自殺の痕が残るように絞殺することに成功したとしても、往々にして被害者は苦しみから喉元を掻《か》きむしるものだ。この引っ掻き傷を吉川線《よしかわせん》といって、首吊り自殺の死体にはみられない。

ではは刺殺はどうか。今どき切腹自殺する者もいないだろうが、たとえば首の頸《けい》動脈を掻っ切って殺し自殺に見せかけるというやり方なら、まだ現実的かもしれない。しかし刺し殺されるのと、自分で自分の身体に刃物を突き立てるのとでは、死体に微妙な差違が出てくるものだ。自殺の場合は傷が浅いし、恐怖のあまり躊躇い傷といって予行練習のように自分の身体を傷つけることがある。殺人の場合はこれらの傷がいっさい残らない。

また刺殺の場合は多かれ少なかれ血が飛び散る。頸動脈の切断など最たるものだろう。身体が血で汚れたら現場から立ち去る際に面倒なことになるし、血で手の跡や足跡など余計な証拠を残してしまうかもしれない。

殺人は殺人だ。自殺や事故に見せかけるのは難しいかもしれない。そこで発想を変えた。奥津が殺されて何故、俺が疑われるのか？　言うまでもなく動機があるからだ。

怨恨《えんこん》ではなく、ありきたりな殺人に見せかけるのはどうだろう。

奥津の部屋はアパートの一階にある。上層階よりは空き巣狙いも忍び込み易い。部屋を物取りの犯行に見せかけるために荒らし、金目のものを盗み、逃走する。盗んだものはその日の内に捨てれば証拠は残らない。

自殺に見せかけるなどという方法より、よほど現実的に思えた。だが実際に実行するとなると、まだ不安が残る。仮に空き巣の犯行だと思われても、一応殺人事件なのだから被害者の周辺ぐらい警察は調べるだろう。俺の存在は、すぐに捜査線上に浮かぶに違いない。

アリバイを作らねば、そう俺は思った。


俺はそれからアリバイトリックものの推理小説を買い込み、読みふけった。いちばんオーソドックスなトリックは、各種交通手段を乗り継ぎアリバイを作るというものだ。たとえば昭和三十年代の某作品には飛行機を使ってアリバイを作る犯人が登場する。だが犯人が飛行機で移動したからといって驚く読者はもういないだろう。もちろん作者もそれを分かっていて、近年では単に交通手段だけでトリックをしかける作品は少ない。大抵は他のトリックとの合わせ技だ。

多いのは共犯者を使う方法だ。移動の途中ですり替わったり、アリバイの証拠の写真を撮ってきてもらったり、電車のキップを受け渡したり、一人仲間を増やすだけで創意工夫の幅が広がる。しかし実際にやるとなると共犯者など論外だった。殺人に加担させようと言うのだ。そこまでの信頼関係を築いている者など、俺にはいない。いたとしても、そいつがミスをしたら、すべては水の泡だ。

死亡推定時刻を誤魔化すのはどうだろう。死体を温めれば腐敗が進み、死亡推定時刻は進む。冷やせば遅れる。温める場合は部屋に放置し、暖房をつけっぱなしにするだけで事足りる。冷やす場合は若干厄介だが、浴槽に死体とドライアイスを入れ蓋《ふた》をすれば問題ないだろう。

しかし法医学の専門書等も読んだが、推理小説のように上手《うま》くはいかないようだった。現場周辺の温度によって腐敗のスピードが変わることぐらい、百戦錬磨の検死官は把握している。しかも死亡推定時刻を割り出す方法は一つだけではない。死後硬直の具合、死斑《しはん》の出方、直腸内の温度、角膜混濁の程度、胃の内容物の消化の進度、それらを総合的に診て判断するのだ。どれか一つにでも矛盾があれば、死体に何らかの工作がなされたことが疑われる。そこから芋づる式にトリックが解明されてしまうだろう。自分には医学的な知識はなにもない。あまりにもリスクが大き過ぎる。

ではどうする――？

苦難の末、あるアイデアに到達した。死亡推定時刻はいじれない。迂闊《うかつ》に手を出せばボロが出る。ならば逆の発想だ。時間を変えられないのなら、場所を変えればいいのだ。

たとえば俺が網走にいる間に、奥津があの夕張のアパートで殺されたとしても、俺を疑う者は一人もいないだろう。物理的に犯行は不可能なのだから。しかし奥津を網走に呼び出して殺したらどうだ。そして死体を夕張まで運び、殺害現場を夕張のアパートに偽装することができたら。たったそれだけで、俺のアリバイは証明される。検死官が嘘偽りない完璧《かんぺき》な死亡推定時刻を割り出してくれるのだから。

これしかない。自分は車が運転できる。トランクに奥津の死体を詰めて、網走の自宅から直接夕張の奥津のアパートに行けばいい。三百キロあるが『幸福の黄色いハンカチ』の武田鉄矢も網走から夕張までファミリアを運転した。映画のように宿泊しなければ、一日で行って帰って来られる距離ではないか。

クリアしなければならない課題は大きく二つだ。

課題一　網走にいる自分のアリバイを、誰が証明するのか。

課題二　どうやって奥津に網走まで出向かせるのか。

奥津は、彩と別れてすぐに新しい女を作った。今更もうどうでもいいが、そんなに女にだらしない男なら、後ろ暗いことの一つや二つあるのではないか。俺は奥津と同じ手段を使うことにした。

興信所はそのほとんどが首都圏に集中しているという。個人でやっているような零細企業も少なくない中、俺が選んだ興信所は全国に支店がある大手だった。牧村《まきむら》という調査員に、俺と彩の関係以外は、ありのままを話した。自殺した妹の婚約者が、もう別の女と婚約した。妹の交際時期とその女の交際時期が重なっている怖れがある。もしそれが事実だったとしたら民事で訴えて妹の敵をとってやる、概《おおむ》ねそのような依頼内容だ。

牧村は、交通費等は実費になりますがよろしいでしょうか、と念を押すように訊《き》いた。網走夕張間を何度も往復しなければならないし、場合によっては夕張に泊まることもあるだろうから、その分料金がかさむと言いたいのだろう。俺はベストセラー作家として、それなりに財を蓄えている。その程度の出費はなんてことはなかった。

「奥津の人となりも調べて欲しい。どんな些細《ささい》なことでもいいんだ」

「ええ分かりました。女性関係が派手なら浮気をしたという状況証拠になり、民事裁判の際に有利になりますからね」

と牧村は軽い口調で答えた。俺が奥津を殺すための情報を集めているとは夢にも思っていない様子だった。

4

牧村からの調査結果が俺の元に届けられたのは、それから三日後だった。仕事が早いと感心したが、あくまでも経過報告のようだ。

「確かに、奥津さんは妹さんと交際していた同時期に、既に現在の婚約者と知りあっていた可能性があります。ただ、これはちょっと言い難《にく》いのですが、妹さんとの婚約が破談になったのは、お兄さんのせいだと奥津さんは考えているようです。つまり、妹さん側に非があると」

「決定的な証拠なんてないんです。第一、そんなことあるはずないじゃないですか。僕が妹と──」

「分かっています。しかし向こうは、妹さんが結婚に煮え切らないのがいけないと主張するでしょう。老婆心ながら言わせてもらいますが、裁判で勝つのは難しいんじゃないでしょうか」

「そうですか」

と努めて残念そうに俺は言ったが、裁判云々《うんぬん》は調査を頼む口実にしか過ぎないので、どうでも良かった。

「妹さんが社内で亡くなったので、Y商事の人間も警察の取り調べを受けたようですね。もちろん自ら命を絶ったということは確定しているから、簡単なものでしたが。Y商事は妹さんの事件に早く幕を下ろしたかった。新たな婚約者が取引先の娘さんってこともあって、奥津さんの結婚にもろ手を挙げて賛成しているようですよ」

「奥津やY商事はそれで良くても、相手の女性は、奥津と結婚するのを嫌がらなかったんだろうか」

前の婚約者が自殺した直後なのだ。第三者にしてみればまるで『青ひげ』のような話ではないか。

「Y商事の社員の中には、妹さんを死なせておいてもう結婚するのか、と奥津さんを良く思っていない社員も少なくないそうですよ。あともう一つ、奥津さんの生い立ちをたどっていたら、ちょっと興味深い事実が判明しましてね」

「何です？」

「奥津さんは養子なんだそうです」

「養子？」

「ええ。出生の時点では奥津姓ではなかったということですね。両親が遠縁の子供を引き取ったということです。ただ奥津家において行彦さんの出生についてはタブーになっている部分があるらしくて、それ以上は分かりませんでした。ご連絡を差し上げたのは、養子の件にかんして更に調査を続行するかどうかお伺いしたいと思いまして。交際時期の問題は判明したことですし」

「つまり、奥津の実の親が誰か、ということですか？　そういうのは調べられるんですか？」

「はい。六歳未満の子供の場合、特別養子縁組というものが組まれます。これはたとえば男性が結婚の際に婿養子になるのとは違って、実の両親との戸籍上の親子関係がなくなるということです。ただし、その場合でも、実の両親が誰だかまったく分からなくなる、ということはないんです」

「実の両親の記録を調べられると？」

「そうです。子供はまず実の両親の戸籍から、その子供単独の戸籍に移動されます。そしてその戸籍から更に養子先の両親の戸籍に入るという形です。従って戸籍を辿《たど》れば、実の両親は判明します」

もちろん俺は調査続行を頼んだ。牧村は、その理由を問い質《ただ》しはしなかった。商売なのだから金さえ出せば文句はないのだろうが、目が合うたびに、もしかしたら自分の目的に感づかれたかもしれない、との不安が頭を過《よぎ》った。考え過ぎだと分かっていても、もし計画通り奥津を殺したら、自分は当分の間、他人の視線に怯えながら生きるだろう。五年、十年、十五年——。

でも、もう引き返す訳にはいかない。

調査が完了したのは、それから一週間ほど経ってからだった。

「奥津さんが養子に出されたのは、ご両親の方に育てられない事情があったようですね。はっきり言って、奥津さんは望まれた子供ではなかった。間引かれる、つまり殺されてしまう可能性もあったようですが、ご両親の希望で養子に出したそうです」

「間引く? 今どきそんな話があるんですか?」

「奥津さん、どうやら近親姦《かん》で生まれた方のようなんです」

何でもないことのように牧村は言ったが、俺は彼のその言葉ですべてを理解した。

そもそも俺と彩の間に肉体関係があった決定的な証拠を、奥津は持っていなかった。にもかかわらず奥津は執拗《しつよう》に俺と彩の関係を疑った。会社で言いふらし、結果として彩を自殺に追いやった。明らかに異常だ。普通の人間は男女のきょうだいが仲良くしていたからといって、肉体関係があるなどと疑ったりはしないだろう。

奥津自身、近親姦で生まれた人間だったからだ。決して現実に起こりえないことではない、ということを知っているからだ。

そして初めて彩を抱いた日、彩は奥津の両親について何か言いたそうな素振りを見せた。嫁姑《しゅうとめ》問題を心配しているのだろうと安易に考えてしまったが、もしかしたら彩は奥津の両親の秘密について知っていたのかもしれない。

「奥津さんの曾御爺《ひぃおじぃ》さんは、明治の頃に北海道に開拓のために入植したんだそうです。土地が広いのに人口密度が低いから、近親婚も珍しくなかったみたいです。奥津さんのご両親も、その名残で間違いを起こしてしまったのかもしれません」

「それで、奥津家に養子に出したと？」

牧村は頷いた。

「婚約者である羽賀琴菜さんのご両親も、私どものような興信所を使って、奥津さんの過去を調べさせたようですね」

琴菜の両親は結婚に反対しているのか。確かにそれが常識的な判断かもしれない。近親婚の事実がなくとも、前の婚約者が自殺した直後なのだ。

「奥津の実の両親は、今、どこにいるんですか？」

「母親の方はリンという名前で、一人で青森に住んでいます。北海道には良い思い出がないから移住したと。でも息子と少しでも近い土地に住みたい。確かに青森なら、津軽《つがる》海峡を挟んで北海道は目と鼻の先ですから」

父親の方も調べますか？　と訊《き》かれたが、とりあえず調査はそこで終了とした。金はかかったが、奥津の出生の秘密を手に入れられたのだから、安いぐらいだ。

興信所から帰宅してすぐに、俺は考えをまとめるため、ここまでの犯行計画を手帳に書いた。

第一段階　奥津を出生の件で脅迫して網走に呼び寄せる。
第二段階　奥津を殺し、車のトランクに死体を入れる。
第三段階　アリバイ作りのため、網走で人と会う。
第四段階　奥津の死体を夕張の彼のアパートまで運ぶ。

第一段階は不確定の要素がまだ残っているが、とりあえず奥津の出生にかんする切り札を手に入れたので、クリアしたことにする。次に第二段階だ。果たして車のトランクに人間の死体が上手《うま》く入るものだろうか？

俺の車は日本でもっとも普及している大衆国産車だ。父が運転していたものをそのまま使っている。トランクの大きさは、それぞれ約、幅一五〇センチ、奥行き一〇〇センチ、高さ五〇センチ。仰向《あおむ》けやうつ伏せで入れるのは少し無理がある。膝《ひざ》を抱えるような体勢のまま横たえる必要があるのだろう。

問題は警察の検死だ。人間が死ぬと、血液は低い方へと流れてゆく。そして死斑《しはん》となって皮膚に浮かび上がる。死体を仰向けにすると背中に、うつ伏せにすると胸や腹部に死斑が発生する。だから死体をトランクに横向けに入れると、身体を下にした方に集中して死斑ができる理屈だ。したがって奥津の死体は、トランクに入れた時と同じ体勢のまま彼の部屋から発見されなければならない。

だが部屋で物取りに殺されたら、死体は大抵、仰向けやうつ伏せの状態で発見されるだろう。膝を抱えた体勢のまま発見されたら、あまりにも不自然だ。死体は狭い場所に押し込められて運ばれた、つまり殺害現場は別の場所だと見破られてしまう。

解決案はすぐに思いついた。キッチンの床下収納だ。かつて俺が奥津のアパートに行った時、奥津はそこから缶詰や薫製を出してきて、俺と彩にふるまったのだ。運んだ時と同じ体勢のまま死体をあの床下収納に押し込めば、死斑の問題はクリアできる。強盗が死体の発見を遅らせるために、殺害直後に床下収納に隠したと考えれば矛盾はない。

次は第三段階。アリバイ作りだ。彩の四十九日の法要を利用するのはどうだろう。大勢とは言わないまでも、それなりに親戚《しんせき》知人が集まってくる。これ以上のアリバイの証人はいない。それだけではなく、第一段階にかんしても出生の秘密だけではなく、四十九日とからめて奥津を呼び出すこともできるかもしれない。

そして第四段階。奥津の死体を三百キロ先の夕張まで運ぶ。これが本番で、他の三つの段階は、このための準備だ。

早速、俺は自宅から夕張まで車で下見に出かけることにした。北海道の地図をテーブルに広げる。そして青いペンで武田鉄矢が運転する赤いファミリアが辿ったルートをなぞる。劇中、観光のため北海道を訪れた武田鉄矢は桃井《ももい》かおりと高倉健《たかくらけん》と共に美《び》幌《ほろ》峠や阿《あ》寒《かん》湖を巡る。今回はもちろんそんなことはしていられない。観光地など目もくれず最短距離を目指す必要がある。

問題は検問に引っかからないかということだ。現に『幸福の黄色いハンカチ』でも、ファミリアが検問で止められ、その時運転していた高倉健が免許証の提示を求められるシーンがある。

だが、俺は今まで十年以上、父親の車を運転しているが、検問にぶつかったことなど一度もなかった。もし今後あるとしても、普通はトランクの中までは調べられないのではないか。大抵の場合、免許証の提示だけで済むはずだ。

もちろん、そうなった場合は俺の名前は記録され、奥津の死体が発見された暁にはトリックがバレる恐れがある。だがこればかりは運を天に任せるしかない。

第一段階で奥津を網走に呼び寄せる際にも、俺が飛行機のチケットを手配して奥津に郵送しなければならない。奥津に手続きさせたら、自分の名前でチケットを取るだろう。奥津が網走に飛んだという記録が残るのはまずい。

つまり俺が適当な偽名で奥津のチケットを取る必要がある。航空券は本名で取らなければならないとされているが、国内線は身元確認などしないので、まず問題はないだろう。偽名のチケットを奥津が不審がらないかという一抹の不安はあるが、奥津は俺と会うことを周囲に隠し通しておきたいはずだ。近親姦で生まれたという事実を、世間にぶちまけると脅して呼び出すのだから。

俺は犯罪計画を書いた手帳のページを破って、父親の形見のライターと灰皿で燃やした。細かい部分は、もちろんこれから詰めなければならないが、彩の四十九日までまだ一ヶ月以上はある。大丈夫。やり遂げられるはずだ。俺はそう自分に言い聞かす。

if A　犯行直後に目撃者を殺した場合1

危ない、そう思ってブレーキを踏んだ時は、既にもう遅かった。

ヘッドライトに照らされた男の姿は、一瞬にしてかき消え、車のタイヤが何かに乗り上げる嫌な感触が座席越しに伝わってきた。

停止した車内の運転席で、俺はハンドルを持ったまま微塵《みじん》も動けなかった。

計画はすべて順調だった。網走で殺した奥津の死体を、無事に彼のアパートまで運んだ。物取りの犯行に見せかけるため、ガラス切りで窓を開け、部屋を荒らし、そして床下収納に隠した。奥津の死体は、気持ちのいいほどピッタリとはまった。誰にも目撃されなかった。そう、この時点では。

第四段階までやり遂げることに成功した。そう思うと気が緩んだ。それでなくとも、彩の仏壇に手を合わせている奥津を背後から金づちで殴り殺し、その死体を三百キロ、五時間かけて運んだのだ。体力は消耗している。もしかしたら睡魔が襲ってきたのかもしれない。深夜だから人など歩いていないだろう、という甘い考えもあった。とにかくすべての要素が少しずつ判断力を狂わせた。まさか最後の最後で事故を起こしてしまうとは！

ゆっくりと車から降りた。辺りを見回す。ブレーキ音を聞かれたと思ったが、周囲の家々から顔を出す住人は誰一人としていなかった。

男は、大の字に手足を広げ、ぴくりとも動かない。

脈を取った。死んでいた。

そのことを確認すると、俺はすぐさまトランクを開き、中に死体を押し込めた。警察に通報することはもちろんできない。かといって男をこのままにしておくこともできない。道路にはこの車のブレーキ跡が残っているはずだし、恐らく、塗料のかけらなども飛散しているだろう。死体をこのまま放置するのはあまりにもリスクが大き過ぎる。

死体がなければ捜査も始まらない。ただ一人の行方不明者が出るだけだ。この男と自分とをつなぐ接点は何もないのだ。自分が疑われる道理はない。

二日後、網走の俺の実家に二人の刑事が現れた。彼らがかざした警察手帳を見やると、そこには『北海道警察』とあった。刑事が来ることは分かっていたから、特に慌てることはなかった。ただ、やはり少し緊張した。逮捕しに来たのかもしれない、と一瞬思った。

だが、彼らは近くの喫茶店で話したいと言ってきた。俺は安堵《あんど》のため息を漏らしそうになった。まだ大丈夫、そう自分に言い聞かす。

小説やドラマと同じで、本当にベテランと若い刑事のコンビなんだな、とぼんやりと思った。主に中年の方が喋《しゃべ》っていて、若い方はまるで研修生のようだった。

中年の方は西岡《にしおか》、若い方は和泉《いずみ》と名乗った。

「奥津行彦さんをご存知ですか？」

「もちろん。忘れようとしても忘れられません。あいつがどうかしましたか？」

俺が奥津を恨んでいることは、当然刑事たちも知っているはずだ。だからこそ、彼らはここに来たのだ。奥津への感情は、隠すことなく素直に披瀝《ひれき》すればいい。その方が自然だ。

「亡くなられたんです」

驚いたふりをするのがいいか。そんなことをしたら、わざとらしくないか。だがまったく驚かないのも変だ。誰にやられたんですか？　と訊《き》いた方がいいか。いや、刑事は亡くなったとしか言っていない。どう答えていいのか分からずに黙り込んだその俺の態度を、刑事は驚きのあまり声も出ないのだと解釈したようだった。

「最後にお会いになったのはいつですか？」

「さあ、ちょっとすぐには思い出せないです。奴は妹の葬式にも来なかったから」

「最近、会われていなかった？」

俺は、奥津が誰にも会わずに網走まで来たことを祈りながら、

「会ってません」

と断言した。

「あの、死んだって、どうして――」

「殺害されたんです」

西岡はこちらの様子を窺《うかが》うように言った。

「強盗と怨恨《えんこん》の二つの線で捜査しています。誰か奥津さんを恨んでいる人物に心当たりはありますか？」

俺は軽く笑った。演技ではなかった。

「奥津に婚約破棄されて、妹は自殺したんです。だから刑事さんたちも私に話を聞きに来たんでしょう？」

二人の刑事は、俺の言葉をまるで否定せず、奥津が殺害された当日どこにいたか訊いてきた。この質問のために、俺は苦労して三百キロの道のりを往復したのだ。即答すると怪しまれると思ったので、数秒考えるふりをした後、

「その日は、妹の四十九日の前日ですね。実家で翌日の準備をしていましたよ。法要

は葬祭場でやりましたけどね。その後の食事会も予約したレストランでしました」

念のため、との前置きつきで、刑事は葬祭場とレストランの名前を訊いた。

電話でお前の出生の秘密を知っていると切り出すと、奥津は観念したように、そうですか、と力なく呟《つぶや》いた。網走まで来いという俺の申し出にも素直に従った。あまりにも俺の言いなりなので、呆気《あっけ》なく思ったほどだ。

奥津は集まった親戚《しんせき》の前に引きずり出されると思っていたようだが、俺にそんな意図はないと分かると、愚かにも感謝するような素振りを見せた。一日も早く俺たち兄妹《きょうだい》と縁が切りたい、という奥津の本性が透けて見える態度だった。

『僕もちょっと加納さんに相談したいことがあるんです』

などと電話先で奥津は言った。この期に及んで何を相談するつもりだ、と訝《いぶか》しんだ。

だが、実際に網走に現れた奥津を目にした時には、これから自分はこの男を殺すのだ、という興奮で、彼の相談事など忘れてしまっていた。

どこに泊まるつもりかと訊いたら、市内のホテルだという。予約をしたのかと一瞬焦ったが、まだだった。俺はこの家に泊まっていけばいい、と言ったが、やはり奥津はこんな居心地の悪い場所から一刻も早く立ち去りたいと思っているようだった。

深夜十時、金づちで背後から殴り殺した奥津の死体を自宅の押し入れに隠し、俺はアリバイを作るために外出をした。

「その日の夜は借りていたビデオを返した後、ついでにコンビニに寄って、翌日の朝食用にパンと野菜ジュースを買いました」

西岡は俺が言ったビデオ店と、コンビニの名前をメモした。ビデオのタイトルまで訊かれた。前から観たかったシルベスター・スタローン主演の戦争映画だったが、アリバイ作りのために前もって借りておいたのは言うまでもない。

「親戚の皆さんとお会いになったのは？」

「叔父《おじ》と翌朝の九時頃に会いました。準備があるので、葬祭場で早めに待ち合わせたんです」

万が一、ビデオ店とコンビニのアリバイが成立しなくても、夕張で夜十時に奥津を殺し、翌日の朝九時までに網走に戻ってくることは難しい。飛行機の便がない。もちろん彼らは車での移動も視野に入れるだろうが、俺は殺害当日、夜九時に網走にやってくる奥津と会うまでに、網走の店々に出向いて顔を印象づけていた。夕食は顔なじみのラーメン屋でとり、その後、散髪にも行った。網走のあちこちで目撃されている俺が、夕張から網走まで車で帰ってくるのは現実的ではない、と警察は判断するに違いない。

「妹さんが亡くなったことで、奥津さんを恨んでいた人間に心当たりはありませんか？」

初めて若い方の刑事、和泉が俺に質問してきた。

「私のことですか？」

軽く笑いながら答えたが、刑事は笑わなかった。

「あなた以外にいますか、ということです」

「さあ、妹の交友関係をそう把握してはいなかったもので。ただ葬式の時、Y商事の社員さんが何人か来てくれたので、その中には奥津を恨んでいた人間がいたかも」

俺は刑事たちに、奥津の婚約を教えてくれた春子の名前を教えた。スケープゴートにしているようで嫌だったが、背に腹は代えられない。

「いや、まるで妹さんの四十九日に合わせたかのように犯行が行われているので。偶然強盗がそのタイミングで押し入ったと考えることもできますが、怨恨の線が捨て切れないのは、正にそこなんですよ」

俺は暫《しばら》く考え込むふりをしてから、言葉を選びながら答えた。

「私が彼を恨んでいるのだから、もしかしたら他の誰かも奥津を恨んでいたかもしれない。あいつ、妹が自殺したばかりなのに、別の女と結婚する気でいましたから。もしかしたらそっちの関係でもゴタゴタがあったのかも」

余計なことを言い過ぎたか、と彼らの顔色を窺ったが、二人とも平然としていた。

「いや、そうですか。ありがとうございます。もしかしたら、また後日お話を伺わせてもらうかもしれません」

西岡はあっさりそう言った。自分は重要参考人だから、根掘り葉掘り訊かれるだろうと予想していたが、案外簡単なものだった。もちろんこれで終わった訳ではない。こちらのアリバイの裏を取り、もし不審な点があれば再び訪れるだろう。

「最後に、もう一つだけお尋ねしたいのですが」

「何ですか？」

「この男をご存知ですか？」

そう言って、西岡は俺にある男の顔写真を見せた。

瞬間、俺は凍りついた。

それまでの刑事たちの質問は、ほとんどが予想の範囲内だった。だから俺は慎重に、事前に準備しておいた答えを刑事たちに提出した。だがその写真は、まったく予想の範囲外だった。

それはあの夜、夕張の奥津のアパートの近くで、不幸にも俺が轢《ひ》き殺してしまった男の写真だったのだ。

「ご存知ですか？」

その質問に我に返った。長い間沈黙していたことに気付かないほど、写真は衝撃的なものだった。

だが俺は、僅《わず》かに残った気力を振り絞り、平静を保ち続けた。

「知りません。誰ですか？」

声を震わせずに、そう言った。

「長いこと写真を見つめられていたから、ご存知かと思いました」

「いえ、大学時代の友人にこんな顔をした奴がいたような気がしまして。でも勘違いだったみたいです」

「この方と、ご面識はないんですね」

和泉が念を押すように訊《き》いてきた。

「まったく見覚えがありません」

「イザワゴロウという名前にお心当たりは？」

「今、初めて聞きました」

「本当ですか？　妹さんの名誉のために黙っているということはありませんか？」

「はい？」

「イザワさんは、妹さんの交際相手かもしれません。親しくしていたという証言があるんです。しかし妹さんは奥津さんと婚約しました。もしかしたら妹さんと奥津さんを恨んでいたかもしれません」

「イザワさんにも話を伺いたいのですが、今どこにいるか誰も知らないんです。もしかしたらお心当たりがあるかと思って」

彩にそんな男がいることを、俺は今初めて知った。彩には自分と奥津以外に、イザワという第三の男がいたということか？

イザワは奥津が別の女と婚約したことを知り、奥津に会いに行った？　何故、あんな夜更けに？　もしかしたら俺と同じように、奥津を殺そうとしたのではないか？

イザワがどこの誰だか刑事たちに訊いたが、言葉を濁してはっきりとは答えてくれなかった。ただどんな字を書くのかは教えてくれた。猪澤五郎《いざわごろう》というらしい。

どうやら刑事たちは猪澤を有力な容疑者として考えているようだ。だが猪澤は既にこの世にはいない。このままいけば、もしかしたら俺が起こした殺人事件は、容疑者猪澤の失踪《しっそう》という形で幕を下ろすのではないか。猪澤を轢き殺してしまった時は絶望的な気持ちになったが、災い転じて福となすとは、正にこのことだ。

だが俺は単純に喜ぶ気にはなれなかった。

初めて彩を抱いた夜のことを思い出す。彩は処女ではなかった。別に不自然とは思わなかったが、もし妹が自分の想像以上に、性に奔放な女だったとしたら？

「妹が自殺したのは、奥津に婚約を破棄されたからだとばかり思っていました。でも、私の知らないところでこの猪澤という人と交際していたのなら、もしかしたら妹の自殺も、この人が原因の一つだということになりはしませんか？　もしそうだとしたら、認識を改めないと」

「妹さんが亡くなられた原因については、我々も何とも申し上げられません。しかし心中お察しします」

と西岡は言った。

「この猪澤という人が、彩と交際していたってこと、一体誰が言ったんですか？」

西岡は俺の質問には答えず、訊いてきた。

「夕張のMというバー、ご存知ですか？」

「まったく知りません」

「本当ですか？」

「知りませんよ」

俺はむっとして、少しだけ語気を強めて答えた。そこまでしつこく訊いてくるからには、刑事たちがMというバーを重要視しているのだろう。もしかしたら猪澤はそのバーの関係者かもしれない。

「そうですか。Y商事の方々に話を聞きましたら、彩さんがそのバーに出入りしていることを教えてくれた社員さんがいましてね」

「葬式に来たY商事の人は、そんなこと一言も言わなかった」

俺はつぶやいた。

「その方々、妹さんと仲が良かった方ですよね？　私たちに話をしてくれた方々は、その、こういう言い方は心苦しいのですが、妹さんのことをあまり良く思っていなかったようなので」

彩が兄と関係しているという奥津の噂を信じた社員たちなのだろう。

「その人たちとバーに行っていたんですか？」

「一度だけ、彩さんに連れられて行ったようです。若い男がたむろするようなバーだったので驚いたと言っていました。Mの店員たちに話を聞くと、彩さんは結構頻繁に訪れていたとか。会社でのストレスをそこで発散していたようですね」

彩には俺の知らない別の世界があった。それがMというバーであり、彩はそこで猪澤と出会ったという。

「妹がそんなところに出入りしていたなんて、ちっとも知らなかったです」

彩はすべてを自分に打ち明けてくれていると思っていた。身体まで重ねたのだから。

「我々は、その猪澤の行方を追っています。こちらに姿を見せるかどうかは分からないが、可能性はゼロではない。もし姿を見かけるようなことがあれば、すぐに通報してください」

「猪澤が、私も狙うと？」

二人の刑事は顔を見合わせてなにやら小声で話し始めた。俺は内心焦った。猪澤が現れた時に備えて、実家を張り込むと言い出しかねない雰囲気だったからだ。

「それはないと思いますよ。もし本当に猪澤が犯人だとしたら、妹さんが亡くなった原因が奥津さんにあると思っての行動でしょうから。妹さんの遺族に刃《やいば》を向ける理由がない。でもまあ、不安でしたらいつでも相談してください」

西岡がそう言って、俺は胸を撫《な》で下ろした。もちろん顔に出すことはできないから、せいぜい猪澤を恐れるふりをした。

「本当ですか？　最近は訳の分からない理由で人が殺されたりするでしょう？」

すると和泉が、

「我々は万全を尽くしますから」

と言った。まるで俺の考えを見透かすような視線だった。

刑事たちと別れた後、俺は仕事場に引き籠《こ》もり、原稿も書かずにウィスキーをストレートで飲んだ。しらふでいると余計なことを考えてしまい頭がパンクしそうだった。

当初は、猪澤を轢《ひ》き殺したことに罪悪感もあった。計画が失敗するかもしれないという不安もあった。だが蓋《ふた》を開けば、猪澤は彩と付き合っていた男で、姿を消したことで奥津殺害の最重要容疑者と目されているらしい。殺人の罪を猪澤に擦《なす》りつけることもできそうだ。猪澤は永久に失踪したままなのだから。

しかし、逮捕されるかもしれないという不安が軽くなったものの、逆に彩への不信感は増していった。

俺が猪澤にある種のシンパシーを感じたのは、轢き殺した罪悪感があるからだけではなかった。普通に奥津と話し合いをするためなら、もう少し常識的な時間帯を選んだはずだ。つまり、自分と猪澤は同類。彩への復讐《ふくしゅう》という同じ目的を持った同志。俺は目的に成功し、猪澤は失敗した。ただそれだけのこと。

もし猪澤が生きていたら、いったいどういうつもりで彩と付き合っていたのか、そして彩は猪澤の前ではどんな女だったのか、聞き出すことができたのに。

if B　犯行直後に目撃者を殺さなかった場合1

危ない、そう思ってブレーキを踏み込んだ。

ヘッドライトに照らされた男は、まるで睨《にら》み付けるように俺を見返した。それからまじまじと俺を見つめ、何かを叫び、俺に近づいてきた。

顔を見られたこと自体は、どうってことはなかった。しかし、ここでトラブルを起こしたら、計画はすべて水の泡だ。

俺はクラクションを鳴らし、男を蹴散《けち》らすようにしてアクセルを踏み込んだ。男はまだ何か喚《わめ》いていた。

この段階で死体が発見される訳にはいかない。まだ計画は破綻《はたん》したと決まったわけではない。むしろ、轢いてしまわなかったことを喜ぶべきなのだ。殺人計画を遂行している途中で轢き逃げなどしてしまったら、まず間違いなく計画は頓挫《とんざ》するだろう。

大丈夫、まだ運は向いている。そう自分に言い聞かせながら、俺は車を走らせた。

二日後、網走の俺の住まいに北海道警察の二人の刑事が現れた。彼らが開いた警察手帳を見やると、そこには『北海道警察』とあった。ドラマでよく見る、ベテランと若い刑事のコンビだった。覚悟はしていたが、やはり緊張感はあった。この刑事たちを騙《だま》し果《おお》せることが果たしてできるだろうか、と俺は今更ながらに不安になった。

どこか手近な場所で話を聞きたいと言うので、俺は近所の喫茶店に案内した。

「奥津さんをご存知ですか？」

その言葉をきっかけとして質問が始まった。刑事にしてみれば単なる聞き込みなのだろうが、俺にとっては取り調べ以外の何ものでもなかった。奥津と最後に会ったのはいつか。最近会っていないか。強盗と怨恨《えんこん》の二つの線で捜査しているが心当たりはないか。アリバイも訊《き》かれたが問題ないだろう。刑事たちはまさか夕張で発見された奥津が、網走の俺の自宅で殺されたとは思っていないはずだ。

彼らは通り一遍のことを訊いた後、またお伺いすることがあるかもしれないと言って立ち去った。和泉は、帰り際、

「我々は万全を尽くしますから」

と、まるで俺の考えを見透かすように言った。

大したことは訊かれなかったので安堵《あんど》したが、二人とも終始、俺の顔をまじまじと見つめていたのが不快だった。

奥津の死体を運んだトリックを見破られたのか、と思ったが杞憂《きゆう》だったようだ。本来なら自分は奥津と家族になっていたはずの男だから、取り調べに来たのだろう。ご苦労なことだが、奥津の死体を夕張まで車で運んだ自分の労力には敵《かな》わないはずだ。

それから一週間後、また新たな人物が俺の自宅を訪れた。

一目見て、驚愕《きょうがく》した。ありえない人物が目の前に立っていたからだ。

それはあの夜、俺が轢きかけた男だった。殺人を犯した直後だから神経が高ぶっていたのか、あの夜のことは今でも鮮明に思い出せる。

一生忘れることなどできない。

何かを叫びながら、こちらに近づいてきた彼の顔――。

「やあ、やっぱりあなただったのか」

あの時とは打って変わって、男は嬉《うれ》しそうな顔で言った。花田欽也は有名作家だ。ここの住所を調べることは、そう難しくはないだろう。

夕張から来たと男は言った。

「奥津が殺された夜、あそこで会いましたよね？」

「何のことだか分からないな」

「いやだなあ。とぼけないでくださいよ。僕を轢きそうになったじゃないですか」

「あんたを轢きかけた覚えはないけど」

俺はあくまでもシラを切り通そうとした。だが彼は冷徹に言った。

「いや、あれは間違いなくあなたです。顔を見れば分かる」

「知らない。帰ってくれ」

「嘘ですよ。奥津のこと、知ってるでしょう？　あなたの弟になるはずだった男です」

「ちょっと、中で話そう」

近所の目が気になった。こんな会話を聞かれたくはなかった。あの刑事たちが、近所の住人に聞き込みをすることがないとは言えないのだ。

「いや、それは勘弁してください。今は一人暮らしですよね？　殺されたらたまらないですから」

「ふざけるな！」

思わず怒鳴ってしまう。この男は、彩のことまで知っているのか。いったい何が目的なのだろう。

「とにかく、僕はあなたと話がしたいんです。どこでもいいですよ」

仕方がないから俺は男を近所の大型スーパーに連れて行った。店内にフードコートがあるのだ。買い物客で騒々しいから、喫茶店よりも目立たないと考えた。俺はコーラ、男はアイスコーヒーを買って席についた。

「コーヒーが好きなのか」

とどうでもいいことを訊いた。得体の知れない男だからこそ、些細《ささい》なことも知らなければならないと思った。見た感じは、俺や奥津と同年代のようだった。服装はチェックのシャツにチノパンという、何の変哲もない格好だった。服にはあまり気を遣わないタイプなのかもしれない。

「カフェイン中毒でね」

と男は答えた。

「今度また家に来いよ。コーヒーだったら俺が淹《い》れてやる。インスタントだけど」

「言ったでしょう。殺されたらたまらないって。それよりもう刑事が来ましたか？」

「何でそんなことを訊く？」

「僕のところにも来たから。安心してください。あなたのことは言っていません」

シラを切り通すことはもちろんできる。だが男があの刑事に証言したら、俺は徹底的に調べられるだろう。一度疑われたら終わりだ。

あの時、轢《ひ》き殺しておけば良かった。死体は奥津の死体と入れ替わりにトランクにしまって網走に運べば、轢き逃げ事件そのものがなかったことになる。もちろん死体の処分の方法で頭を悩ます羽目になるだろうが――。

「あんた、名前はなんていうんだ？」

男は苦笑した。

「名前は勘弁してください」

「名前も名乗らない男と話せと？」

「付き合わないと、困るのは加納さんだと思いますよ。でも、あからさまな偽名を使うのも白けるでしょう？　あなたの顔を、僕は知っているんだ。どこで知ったなんて、今更訊かないでくださいね」

俺は大きなため息をついた。彼は俺が奥津を殺したトリックを見抜いたのだ。

「あんたの言う通り、俺があの場所にいたとしよう。でも、何であんたはそんなところにいたんだ？」

「あいつを殺すチャンスを狙っていたからです」

彼はそう言って、まるで酒をあおるように勢い良くコーヒーを飲んだ。

俺は笑った。そして、

「じゃあ、奥津を殺したのはあんただな」

と嘯《うそぶ》いたが、彼はなんら痛痒《つうよう》を感じなかったようだった。

「残念ですけど、あなたに先を越されました」

「何だって？」

思わず聞き返した。

「僕も奥津を殺すために、あの夜、彼の部屋に向かっていたんですよ」

「何故、あいつを殺そうと？」

彼はにやにやと笑いながら言葉を濁し、俺のその質問には答えなかった。奥津との間になにがあったか知らないが、この男にも奥津を殺す動機があるのだ。

「奥津の葬式に行きましたか？」

「行く訳ないだろう。何の関係もないんだから」

何の関係もない、という言葉の揚げ足を取られると思ったが、そのことにかんしては彼は何も言わなかった。

「僕は行きましたよ」

俺は鼻で笑った。

「殺したいほど恨んでいる相手の葬式によく行くもんだ」

「葬式には警察も来ていて、顔を見るやいなや事情聴取されましたよ。僕と奥津との関係は周囲には秘密でしたけどね。さすがに警察にはバレていたみたいです。まったく犯人扱いだ」

「あんたが犯人にされかねないから、俺に自首しろって言うのか？」

「そんなことは言いませんよ。もちろんあなたの罪を被《かぶ》って逮捕されるのは嫌ですけど、その時はあなたを目撃したことを証言しますから。あなたには同じように奥津に傷つけられた者同士のシンパシーを感じます。でも、そこまでの義理はない」

「勝手に同類扱いされても困る。もういい。本題は何だ？　何の目的で俺に会いにきた？」

そこでようやく男は今日の訪問の目的を告げた。借金があるとか、親に仕送りしなければならないだとか、要するに金の無心だった。

「そんな金はない」

「そうですか？　花田欽也の本の印税があるでしょう？」

「それを全部、俺が自由に使えると思ったら大間違いだ」

「どうしてです？　花田欽也にも借金があるんですか？　まあいいですよ。いずれ、あなたの自由になるんでしょう。別に、今お金が欲しいと言っている訳じゃないんです。これは将来に向けての投資みたいなものです」

「恐喝がか？」

「人聞きの悪いこと言わないでください。あなたはきっと今よりもっと金持ちになるでしょう。その時、あなたのビジネスの一員に僕も加えて欲しいというだけです」

殺さないといけない。

俺の頭は、既に第二の殺人に向けて動き始めていた。花田欽也の本の印税に今から唾《つば》をつけておくことが男の目的なら、俺は生涯この男につきまとわれる可能性がある。

自首という選択肢が脳裏を過《よぎ》る。自分の犯行がばれないよう偽装工作をした点は圧倒的な不利になるだろう。だが殺人を犯したそもそもの原因には、情状酌量の余地がある。死刑や無期懲役にはならないはずだ。十年以上塀の中で人生を棒に振ることになっても、この男につきまとわれるぐらいなら――。

いや、それは駄目だ。刑務所になど入ったら、本来の目的が遂行できなくなる。自分には夢があるのだ。その夢が実現する前に、むざむざと捕らえられたくはない。

「名刺をもらえるか？」

「そんなもの作れる身分じゃないです」

「じゃあ、携帯番号は？」

「お教えしますけど、プリペイド型の携帯だから、いつでも処分できますよ」

俺は当て付けがましくため息をついた。

「あんたは俺のことを全部知っている。でも俺はあんたのことを何も知らないという訳だ」

「それは仕方がないでしょう。僕にだって自分の身を守る権利はある」

当然だと言わんばかりに男は言った。彼も俺に殺される危険性を想定に入れているようだった。

彼を殺すには、当然、その背景を知らなければならない。本名、住所、職業、生活パターン。だが彼は何一つ明かさない。今後も男の都合で突然、俺の目の前に姿を現すということか。そんな男をどうやって殺せばいいのか。

「好きなようにすればいい。わざわざ夕張から来たって言うから話を聞いてやったが、それだけだ。金など払わん」

「いいんですか？」

と男は言った。

「何だそれは？　警察に言うのは勝手だが、その時は俺もあんたに金を要求されたと言うぞ。恐喝は立派な犯罪だ」

「人殺しに比べればささやかなもんだと思いますけど」

俺は身を乗り出し、彼にぐっと顔を近づけて、言った。

「俺は、奥津を、殺して、ない」

男は俺と話している間中、終始にやにやと笑っていたが、さすがにこの時だけは顔を強《こわ》ばらせた。

「ああ、そうですか。残念ですね。せっかく一生のビジネスパートナーになれると思ったのに」

「あんたが初めてじゃない。なまじ花田欽也の名前が売れているから、おこぼれにあずかろうって奴らは大勢現れる。いちいち相手にしていたらキリがない。ましてや金を払うなんて論外だ」

男は立ち上がった。そして言った。

「それでも、あなたは、あの夜、僕を轢きかけたんだ」

男が立ち去った後も、暫《しばら》く俺はフードコートに留《とど》まり、考えにふけった。

遅かれ早かれ、あの夜、夕張の路上で俺らしき人物が目撃されたことは、あの二人の刑事の耳に入るはずだ。警察にマークされるのは時間の問題だ。

俺は思った。

何としても、あの恐喝者を殺さねばならない。

if A　犯行直後に目撃者を殺した場合2

再び、二人の刑事の訪問を受けた。俺は事件の関係者なのだから、刑事の取り調べは一度では済まないことは分かっていた。五年、十年、十五年。何年経っても、この警察に対する意識が消えることはないだろう。たとえ逮捕を免れたとしても、それが罪を犯した自分に対する罰なのだ。

「猪澤について分かったことがありましたので、お伝えしたいと思いまして」

猪澤を呼び捨てにしたので、これは本格的に猪澤が容疑者と目されているのだと思い、俺は胸を撫《な》で下ろした。

「お兄さんは信じたくはないでしょうが、妹さんが被害者の奥津さんと同時期に猪澤と交際していたのは、事実のようです」

「そうですか」

「ところが、この猪澤という男、とんでもない奴でしてね」

「とんでもない、とは?」

二人の刑事は顔を見合わせ、そしておもむろに西岡が口を開いた。

「捜査中のこともあるので、詳しいことはお伝えできないのですが、要するに強請《ゆす》り屋だったんです」

「強請り屋？」

「ハイエナみたいな奴ですよ。人の秘密を握っては恐喝するんです。前科もある——おっと、これは言い過ぎたかな。猪澤のような奴は、人たらしと言うと表現が穏やかに過ぎるかもしれませんが、人の懐に入るのが上手《うま》い人間でしてね。妹さんが引っかかってしまったのでしょう」

良かった、と思った。おかしな感想かもしれないが、そう思わずにはいられなかった。妹は純然たる被害者だった。決して男を漁《あさ》っていたわけではないのだ。

「Mのバーテンダーと猪澤は顔見知りで、言わば彼のテリトリーです。猪澤は恐喝相手に近づく時は、必ず偽名を使っていましてね。鈴木某《すずきなにがし》という、適当な名前をでっち上げて相手と会っていたそうです」

「彩が猪澤に強請られていたと？　でも彩は強請られるようなことは何も——」

「いえ、そうではないです」

俺を制するように西岡は言った。

「猪澤は本名で妹さんと交際していたと思われます。恐喝のターゲットには成り得ません」

「じゃあ」

「猪澤が強請っていたのは、奥津さんだと思われます」

「奥津？　奥津が何をしたんです？」

二人の刑事は顔を見合わせ、やがて和泉が言った。

「猪澤は、奥津さんが妹さんを殺害したと思っていたようなんです」

それはそうだろう。奥津のせいで彩は自ら命を絶ったのだから──だがやがて、和泉が言っていることは文字通りの意味であることに気付く。

「妹さんはY商事の屋上から転落して亡くなりました。社員の奥津さんなら妹さんを屋上に呼び出すことは簡単だったでしょう」

「それは、事実なんですか？」

「妹さんの死に第三者がかかわっている形跡はありませんでした」

と西岡は言った。

「我々の捜査にいたらない点がありましたら、その非難はいかようにも受けます。ただ現時点では、妹さんの死を他殺と裏付ける決定的な証拠は何も出ていないのです。でも、気になる点が一つだけあります。お兄さんに意見を伺いたい」

「──なんですか」

「猪澤はろくでもない男ですが、少なくとも、妹さんとは真剣に交際していたようです。猪澤はMのバーテンダーに、妹さんは奥津さんに殺されたと漏らしていました。実際、猪澤は奥津さんと会っているところを、Y商事の近くの喫茶店で目撃されたりもしています。もし、奥津さんに何も後ろめたいことがないのなら、その時点で警察に通報すると思いませんか？　でもそんな形跡はないのです」

そう言えば、奥津は俺に相談したいことがあると言っていたのだ。それがあるからこそ、一人で、誰にも言わず、網走まで来たのだろう。俺は奥津の相談事になどまるで興味がなかったので、今の今まで忘れていたが、あれはもしかしたら猪澤のことだったのかもしれない。

「猪澤がこちらに姿を見せるかもしれない。その時はためらわず通報してください」

殊勝に、分かりました、と返事をしながらも、内心複雑な心境だった。この二人の刑事は、もう猪澤がこの世にいないことを知らないのだ。

「あと、もう一点ほど伺いたいのですが」

「何でしょうか？」

「奥津さんが、興信所に妹さんのことを調べさせていたことはご存知ですか？」

どう答えていいのか一瞬迷ったが、余計な嘘は言わない方が良いと思った。

「知ってます。本人から直接聞きましたから」

「どんなふうに聞きましたか？」

「彩が結婚に渋っているから、調べてもらったと」

その時、奥津は何も言わなかったが、もしかしたら、その調査で猪澤の存在も知ったのかもしれない。もし、もっと以前に猪澤が奥津に接触していたら、彩が結婚に渋っているのは猪澤が原因だと奥津は思っただろう。興信所に頼むまでもない。

俺は、彩が自分と奥津の間で揺れ動いていると思っていた。だが実の兄と婚約者を天秤《てんびん》にかける女がいるだろうか。どんなに愛していても、俺とは決して一緒にはなれないのだ。

猪澤だ。

彩は猪澤と奥津の間で揺れ動いていた。実直なサラリーマンの奥津にはない野蛮な魅力を彩が猪澤に感じ取っていたとしたら。

「ちなみに、妹さんの死後、あなたも興信所に奥津さんのことを調べさせていますね。それは何故ですか？」

興信所を使ったことは警察の知るところとなっていた。警察の捜査能力を考えれば、それは仕方がないだろう。

「はっきり言います。奥津が別の女と結婚すると知ったので、何か弱みを握ってその結婚をぶち壊してやろうと思ったんです。当然でしょう？　妹が死んだんだから」

「それは分かります。しかし一般の方が興信所を利用するなんて、余程のことだと思うのですが」

「いや、それは奥津が彩のことを調べていたからです。それがなかったら、こちらも興信所を使おうだなんて思わなかった。金はかかりましたけど、本でそこそこ稼いでいるので、それくらいはなんとでもなります」

「まあ、結婚相手を興信所で調べさせることはそう珍しいことじゃないですからね。それであなたも同じことを思いついたと。なるほど、なるほど」

　と西岡が当てつけがましい口調で言った。

「本当に結婚をぶち壊すだけのつもりだったんですか？」

　と和泉が言った。

「と、言いますと？」

「いえ、今の話であなたも奥津さんのことを恨んでいたことが分かりましたから」

「妹の死の原因を作った男を恨んで当然でしょう！」

　西岡がまあまあと宥《なだ》める。

「もちろん、それは当然のことですよ。まだ奥津が妹さんを殺害したと決まったわけではありませんが——」

　警察が妹の死を調べ直すのは期待できないと思った。もう自殺で決着がついている。

寝た子を起こすのは初動捜査にミスがあったと自ら認めるようなものだ。

翌日、俺は夕張に向かった。すべて終わったと思ったはずだったが、いても立ってもいられなかった。もちろん今回は車ではなく、飛行機を利用した。

もし夕張に出向いたことを刑事に知られたとしても、事件の被害者の親族が、個人で関係者に話を聞いて回るのは、決して珍しいことではないはずだ。

夕張には夕方頃到着した。彩が通っていたというMというバーに是非とも行ってみたかったので、わざと遅い時間に着く便を選んだのだ。だがそれでもまだ店が開くには早く、仕方がないから、先にY商事に行くことにした。せっかく夕張に来たのだから、職場での彩を知っている人間にも話を聞いておきたい。

俺はY商事に電話をし、葬儀に来てくれた彩の同僚の、春子という女子社員を呼び出した。今夕張にいると言うと、春子は心底驚いたような声を発した。

終業後にY商事近くの喫茶店で会ってくれるというから、そこに向かった。店に入る前にY商事のビルを眺め見る。あの屋上から彩は落ちたんだな、と思うと、どれだけ怖かっただろう、痛かっただろう、と涙が出てきた。ましてや自殺ではなく奥津が突き落としたのだとしたら、改めて奥津に対する殺意が湧き上がってくる。

店に入ってブレンドを頼んだ。コーヒーの香りで頭を覚醒《かくせい》させながら、今はもうこの世にいない、彩、奥津、猪澤のことに思いを馳《は》せていると、すぐに時間は過ぎた。

一時間後、息を切らせて春子が現れた。

「待ちました？」

「いいえ、大したことはありません。そんなことより、わざわざ会っていただいて申し訳ありません」

挨拶《あいさつ》もそこそこに、俺は話を切り出した。

「妹に続いて奥津も死にましたけど、社内はどんな様子ですか？」

「業務は滞りないです。もちろん奥津さんがやっていた仕事の引き継ぎはありますし、やはり担当が殺人事件の被害者となってしまったら、印象はあまり良くないかもしれませんけど」

「皆さん、どんな噂をされてます？　奥津が殺されたことについて」

と質問すると、春子は口ごもった。

「どんな酷《ひど》い噂でも構いませんから」

そう俺が水を向けると、春子はおずおずとしたふうに口を開いた。

「皆、何も言いません。タブーみたいになっているんです。彩さんと奥津さんのことは――」

「どうしてです？」

「奥津さん、彩さんに酷いことをしたから殺されたんだって、皆思っています」

俺は頷《うなず》いた。それは事実だ。

「だから彩さんについて何か言ったら、自分の身にも降りかかってくると思っているんです。もちろん私たちはいい大人です。でも同じ会社で自殺した人が出て、次にその自殺の原因を作った人が殺されたら、やっぱりそういう空気になります」

「彩の、呪いだと？」

「そこまではっきり言う人はいませんけど——」

「生前の彩のことを訊《き》きたいんですが、Mと言うバーに出入りしていたことを知ってますか？」

春子は少し俯《うつむ》いた。

「バーって言っても、ガラの悪い人がたむろするようなお店で。私は別に誘われなかったし、彩さんにはそのお店の方で違う友達がいるみたいでしたから、遠慮してそのことにはあまり触れないようにしていました」

葬式にも来なかった連中だから、深い付き合いはなかったのだろう。

「商社のOLさんって、そんなあちこちにお酒を飲みに行くのが普通なんですか？」

「普通なのかどうか分かりませんけど、彩さんが普通の社員より行動的だったのは事実だと思います。彩さん、東京のディスコにも行ったことがあるみたいなんです」

「東京には頻繁に行っていたようなんですか？」

「さあ、私には――」

そこまでは知らないと言いたげだった。

確かに彩の方が、春子よりも化粧の仕方やファッションが垢抜《あかぬ》けているように思えた。もちろん身贔屓《みびいき》かもしれないが。

生前の彩が東京に旅行したという話は聞いたことがない。やはり彩には、兄の自分には見せない、別の部分があったのか。

「皆さんにとって、彩ってどんな女だったんですか？」

「どんな女って言われても――」

春子が口ごもったので、単刀直入に訊いた。

「自殺するような女でしたか？」

春子は暫《しばら》く考えるような素振りを見せてから、おもむろに言った。

「正直言って、驚きました。今でも信じられません。彩さん、ちょっと気が強いところがあったから、自殺するような人には思えなかったんです。もちろん、表面的な性格で判断することはできないことですけど」

俺は彩と子供の頃から一緒にいた。彩が夕張に行ってしまってからは、そう頻繁に会えなくなったが、しかし彩の性格を語るのに『気が強い』という表現など思いも寄らなかった。

「猪澤という男を知っていますか?」

「会社の方に、刑事さんが写真を持って聞き込みに来ました。奥津さんを殺して逃げているそうですね。私ではないんですけど、他の社員がここでその人のことを目撃したようですよ」

確かに、この店ならY商事を監視できる。

「猪澤は、彩が奥津に殺されたと思っていたようなんです。やはり、あなたも猪澤のその意見に賛成ですか?」

「彩さんは自殺しそうなタイプじゃないと思ったのは事実です。でも、だからと言って奥津さんが彩さんを殺したなんて、ありえませんよ」

「どうして、そう言い切れます?」

「彩さんが屋上から落ちた丁度その時、奥津さん、オフィスフロアにいましたから。奥津さんが彩さんを殺すなんて、無理です」

つまりアリバイがあるのか。しかし、アリバイがあるから犯人ではない、と言えないことは俺が一番よく分かっている。ましてや社内だ。オフィスから屋上まで何分もかからないだろう。何かトリックがあるはずだ。

「彩さんが殺されたなんて、ないと思いますよ。警察の人、社員全員に話を聞いたんです。でもほとんど全員、その時何をしていたのか立証できたんです。姿を消していた人はいませんでした。だからこそ、その、彩さんが自分で飛び降りたってことで決着がついたんです」

「ほとんど全員？」

揚げ足を取るようで嫌だったが、訊かずにはいられなかった。

「社内で警察に疑われている人がいたら、私の耳にも伝わってきます。でも、そういう人はいませんでした。だから全員、その、アリバイが立証できたんだと思います。でも言い切っちゃうのも何なんで、ほとんど全員って表現をしたんです」

俺は頷いた。そもそも、ふいをつかれて突き落とされたのなら、現場に争った形跡など残らないだろう。つまり彩の死が自殺と見なされたのは、関係者の証言から他殺である決定的な証拠が導き出されなかったから、という消極的な理由でしかないのだ。

俺自身、彩の死の動機に心当たりがあったから、自殺という決定を抗《あらが》うことなく受け入れてしまった。あの時点で警察に、もっとしつこく食い下がるべきだったのかもしれない。

「今の話は忘れてください。作家だから、いろいろ物事を複雑に考えてしまうんです。それよりも、先ほど妹が自殺するような人間ではないと仰《おつしや》いましたが、それは本当ですか？」

「本当です。でも、だからって殺されたなんて――」

「ええ、分かっていますよ。それとこれとは無関係ってことは。ただ奥津は社内で、彩の噂を流したそうですね。彩と私の間に、その、関係があるという、酷い噂を」

「はい――」

そのことについてはあまり触れたくないと言わんばかりに、春子は目を伏せた。それで
「確かに両親がいないから、その分、仲の良い兄妹《きょうだい》だったのかもしれません。それでは奥津に誤解されたという側面もあると思います。それにしたって酷い中傷だ。いつも明るい彩も、それで落ち込んでしまって自ら死を選んだとは考えられませんか?」

「確かにそういうことはありました。でも、むしろ、それで奥津さんが自殺するって言うなら分かるんです」

「――どういうことですか?」

「だって、誰も信じなかったんですよ。私だって、奥津さん、何を血迷ってそんなことを言っているのかな、って思ったぐらいです。だってそうでしょう? ふられた腹いせに、相手のことを酷く言う人っていますけど、それにしたってお兄さんとしてるだなんて!」

その春子の反応が、俺には少なからずショックだった。兄妹同士で関係を結ぶという行為が、いかに世間では異常と見なされているのか思い知らされた気持ちだった。

異常過ぎて、誰も信じないのだ。

「彩さんも、呆《あき》れ果ててモノも言えない様子でした。彩さんが亡くなって、奥津さんの評判は下がりましたけど、でもよく考えるとその時点でもう社内では、変なことを言う危ない人って印象だったと思います」

彩が死んだ直後に耳にした話とは随分印象が違うが、だがあの時は誰もが彩の自殺の動機を無意識のうちに探していたのではないか。その動機に、奥津が流した兄妹の噂は打って付けだったのだろう。そしてそれは、そのまま奥津が彩を殺害する動機にもなる。本当のことを言っているのに、信じてもらえず逆に恥をかいたから奥津は彩を殺したのではないか。

最後に猪澤の知り合いを誰か知らないかと訊いたが、猪澤とは会ったこともないので分からない、とのことだった。

春子と別れて喫茶店を出ると、日が沈み、ちょうどいい頃合いになったのでMに向かうことにした。Mは今いる夕張本町《ほんちょう》から五キロほど離れた清水沢《しみずさわ》にあるのでタクシーを呼んだ。

清水沢の町は、食堂やブティック、本屋や旅館などが建ち並んでいて、地元の住人と思《おぼ》しき人々で賑《にぎ》わっていた。Mは通りから少し離れた路地の中にひっそりと建っていた。

店に入ってすぐに、猪澤と知り合いだというバーテンダーを呼んだ。適当にカクテルを頼んで彼から話を聞いた。

「何の用ですか？」

胡散臭《うさんくさ》げな目で、蒼井《あおい》という名のバーテンダーは俺を睨《ね》め回した。長袖《ながそで》のアロハシャツを着た、ひげ面の小汚い男だ。恐喝を生業《なりわい》にしている猪澤の知人ということは、この男も同類なのではないか。すべてを聞き出すのは期待できそうもないな、と俺は思った。

「猪澤さんと交際していた、加納彩という女性をご存知ですか？」

「知ってますよ。最近見ないと思ってたら、死んじゃったようですね」

俺は蒼井を見つめ、

「私は彼女の兄です」

と言った。さすがに蒼井はバツの悪そうな顔になった。

「あなたが猪澤さんと仲が良かったと聞いたので、彼が今どこにいるのか心当たりがあるかなと思って」

我ながら白々しい台詞《せりふ》だが、いきなり奥津のことを切り出すのも不自然だろう。

「知りませんよ。警察にも同じことを訊《き》かれたけど、彼のヤバい仕事を見過ごしていただけで同罪だと言われちゃ、たまりませんよ」

「別にあなたを責めているんじゃない。猪澤さんが行きそうな場所に心当たりはないんですか？」

「ないですよ。彼がこんなふうにいなくなること自体、今までなかったんだ」

「何故、いなくなったと思います？」

　蒼井は暫く黙って、

「警察は奥津って人を殺したから逃げたって思っているようですけど、それはないと思いますよ。だって殺したって一円にもならないんだから」

　と言った。もっともな理屈だった。

「猪澤さんは妹と交際していたようですね。真剣な付き合いだったと思いますか？　実を言うと、それだけが知りたくてわざわざ網走から来たんです。男に玩《もてあそ》ばれて死んだとなったら、あまりにも妹が浮かばれないから」

「そう言われても分かりませんけど、軽く遊んでいるって感じじゃなかったですね。あくまでも印象ですけど」

「結婚を考えていた？」

「あ、いや、それはまた別問題ですけど。真面目につきあっているって言ってもいろんなレベルがあるから」

「でも、猪澤は妹が死んで憤っていた？」

また蒼井は黙った。俺は彼が口を開くまで辛抱強く待った。

「猪澤さんが、彩さんが亡くなったことを悲しんでいたのは本当です。でも同時に、彩さんが死ぬ原因を作った奥津を恐喝して金を取ろうと考えたんだと思います。彼はそういう男です」

「だから殺すはずがないってことですね。でも、話し合いの最中、言い争いになってうっかり殺してしまったってこともありえるでしょう」

「もし、そうだとしても、お兄さんは猪澤さんに感謝しなければならないんじゃないですか？　妹さんを自殺に追いやった男を殺してくれたんだから」

蒼井は少し大きな声でそう言った後、言い過ぎたと思ったのか、小さく、すいません、と呟《つぶや》いた。

「いえ、良いんです。私が猪澤さんを探しているのは他でもないんです。猪澤さんは、奥津が私の妹を殺したと思っていたようです。自殺に追いやったという意味ではなく、文字通り屋上から突き落としたと。何故、そう思ったのかを知りたいんです」

「彩さんと会う約束をしていたから、とか言っていました。本当かどうか分かりませんけど。約束をしていたのに自殺するなんておかしいって理屈ですよ」

もし猪澤が彩に付きまとっていたのなら、会う約束と言っても、彩が体よく猪澤をあしらっただけかもしれない。

「猪澤さんも、彩さんがその奥津って人と結婚することになるのを分かっていたから、気が気でなかったみたいです。さっきも言いましたけど、遊びじゃなかったんです」

「でも、猪澤さんは彩と結婚するつもりはなかった」

「いえ、そこまで真剣に猪澤さんと話をしたことがないから分からないけど、よくあるでしょう？　他の男に取られそうになると、急に将来のことを考えるってこと。もちろん、会う約束をしていたからと言って、決定的な証拠はないんですよ。そんなものがあったら、とっくに奥津って人が逮捕されているはずだから」

「彩が初めてこの店に来た時のことを覚えていますか？」

「初めてのことは分かりませんよ。俺もすべてのお客さんに目を光らせてる訳じゃないんで。でも、やっぱり頻繁に来る人は顔と名前を覚えるようになりますよ。もう一杯何か飲まれますか？」

　空になったグラスを示して蒼井が言った。正直、酒を飲みたい気分ではなかったが、気前よく金を払った方が話を聞き出せると思って、二杯目を注文した。

「猪澤さんのお知り合いを紹介してくれますか？」

「知り合い、ですか？」

「いろいろ、お付き合いをされている方はいるんでしょう？　仕事先の方とか」

「あの人、仕事なんてしてないですよ。前科者は雇ってくれないって言ってました」

「猪澤さんが前に起こした恐喝事件って、具体的にどんな事件だったんですか？」

「ええ、まあ、それは。俺にもよく分からないんですよ」

蒼井は言葉を濁した。知っているが言いたくなさそうだった。俺は財布から一万円札を出して、蒼井に渡そうとした。

「これで教えてくれませんか？　猪澤さんが起こした事件の内容と、猪澤さんのお知り合いの方たちを」

「いや、止めてください。そんなこと」

「俺は妹がどうして死んだか知りたいんです。一枚じゃ足りないですか？」

「金が欲しいんじゃない。とにかく受け取れないって言っているんです」

押し問答していると、カウンターの端に座っていた女が、こちらに何やら声をかけてきた。だが、店内の音楽がうるさいので何を言っているのかよく聞こえない。

「何ですか？」

と少し大きな声で言うと、女は俺の隣に移動して来た。短い髪を逆立てて、上下ともにケミカルウォッシュのデニムを着ていた。

「さっき後ろを通りかかった時、ちらっと聞こえたの。彩さんって名前が」

「こちら、彩さんのお兄さんです」

と蒼井が言うと、デニムの女は、そうなの――と呟き目を細めた。

女は秋津《あきつ》桃子《ももこ》と名乗った。

「彩を知っているんですか？　何でもいいんです。教えてください」

「知ってどうするの？」

「この店によく来ていた猪澤さんという方が、彩は奥津という男に殺されたと言っているんです。もしそうなら、事実を知っておく必要があるとは思いませんか？　俺は彩の兄なんです」

　被害者の遺族。その言葉は、トランプのジョーカーのように切り札のカードだ。無条件で、俺の行動へ疑問を挟む者の口を黙らせる。

「彩がここに頻繁に通っていることを初めて知ったんです。こちらで彩が誰と親しくしていたのか知りたいんです」

「誰と親しくしていたかね」

　桃子は意味深に言った。蒼井はカウンターの奥に移動し、他の客の酒を作り始めた。何となく桃子と俺の会話に参加したくないような雰囲気を受けた。

「奥津って人が猪澤君のライバルなんでしょう？　でも、私はその人のこと全然知らないわ」

「猪澤さんは奥津が彩を殺したと思っていたようなんです。どこからその確証を得たのかを知りたいんです」

「そんな確証がなくても、ライバルのことは悪く言いたがるものじゃない？」

「猪澤さんは奥津を脅迫して金をせしめようとしていました。その是非はともかく、確信があるからこそでしょう」

「金をせしめるね」

桃子はまたもや意味深に言った。自分の発言を吟味されているようで、いい気分はしなかった。

「猪澤さんには恐喝の前科があったんでしょう？」

「前科って言っても、学生時代のことよ。本人が言ってた。仲の良かった女の子に乱暴した男を皆で袋叩《ふくろだた》きにして慰謝料を請求したの。それで相手の男が警察に逃げ込んで、猪澤君たち捕まっちゃった」

「それは拙《まず》いことをしましたね。でも女性に乱暴するのも酷《ひど》いな。そういうのって情状酌量の余地はないんですかね」

「それが乱暴されたっていう女の子が、被害届を出さなかったの」

「どうしてですか？」

「要するに強姦《ごうかん》じゃなかったんでしょうね。よくあるでしょう？　女に手を出した、出さないで争いになるって話」

「それ以外にも、猪澤さんは何か恐喝事件を起こしたんですか？」

桃子は首を横に振った。

あの刑事たちが強請り屋などと言っていたから、俺は猪澤に対して、まるで犯罪シンジケートのボスのような印象を抱いていたが、蓋《ふた》を開ければそんなものだった。だが恐喝は恐喝だ。前回も今回も女を巡るトラブル。刑事たちが猪澤を疑う理由も、分からなくはない。

「鈴木 某《なにがし》という、偽名を使っていたって言うのは？」

「それは相手を呼び出す時に、本当の名前を名乗らなかっただけよ。だって相手も猪澤君の名前を知っているんだから馬鹿正直に本名を言ったら出て来ないじゃない」

「なるほど。でも随分と猪澤さんのことに詳しいですね。今、彼がどこにいるかも心当たりあるんじゃないですか？」

「警察の人が来ていろいろ訊《き》いてきたから適当に答えたけど、私は本当に知らないのよ。知り合いだからって、共犯者と思われちゃたまんない」

蒼井も同じようなことを言っていた。彼らにとっては猪澤は友人だが、あまり深入りしたくないタイプの人間なのだろう。

「本当に猪澤さんが奥津を殺したと思いますか？」

「殺したかもしれないわね」

そう言って、桃子はカクテルをあおった。

「猪澤さんは、奥津が妹を殺したと確信していたみたいなんです。どうしてだと思いますか？」

「どうしてだと思いますかって言われても、私には分からないわよ。妹さんが亡くなったことはお気の毒だけれど――」

「他に誰か猪澤さんの居場所の心当たりがある人はいらっしゃいませんか？」

「私よりも、あの人の方が詳しいわよ。猪澤君と普段から仲良くしていたから」

と桃子はカウンターの中の蒼井を顎《あご》でしゃくった。こちらから離れた場所で、他の客と談笑している。

「さっき訊きましたけど、駄目でした」

桃子は少し黙って、

「あなたはここに来るべき人じゃないわ」

と言った。

「どういうことですか？　ここはそんなに危ない連中のたまり場なんですか？」

「このお店のことを言っているんじゃないわ。あなたは妹さんの一面しか知らないんでしょう？　それでいいじゃない。妹さんは亡くなった。そのままそっとしておいてあげて」

「そうはいきません。妹が殺されたというのなら、犯人を見つけないと」

「仮に奥津って人が犯人でも、その人ももう死んでいるんでしょう？ 復讐《ふくしゅう》はできないわ」

「墓に唾《つば》でも引っかけてやりますよ。それが彩に対する供養だ」

桃子は小さくため息をついた。

「バーテンダーの彼があなたに教えないのも、同じ理由よ。あなたのためだと思っているから」

「それはあなた方が決める問題じゃない」

思わず強い口調で俺は言った。ものを訊いている人間の態度ではないことは分かっている。でも言わずにはいられなかった。

「俺は知りたいんだ。金はあなたに払います。だから話してください」

「お金なんていらないわよ」

そう言って、桃子は今度は大きくため息をついた。

「彩さん、遊んでたのよ」

「遊び？」

「男たちとね。奥津って人やお兄さんの前では、純真な女を演じていたんでしょうけど。ここじゃあ違った。いろんな男たちとヤッてたのよ。ここでの彩さんの知り合いっていうのは、つまりそういう人たち。これで満足？」

俺は暫《しば》く桃子を見つめて、

「嘘だ」

と言った。

「そんな嘘つくはずないじゃない。私、彩さんに自分を安売りしない方が良いよって何度も忠告したんだけど、シカトされたわ。その人たちのことを教えてあげてもいいけど、会っても大した話は聞けないと思うわ。多分、皆、彩さんのことヤル相手としか思ってなかったと思うから」

俺は暫く呆然《ぼうぜん》としていた。

「悪く思わないでね。あなたが聞きたいって言ったんだから」

俺はカウンターの奥の蒼井を見た。目が合うと、彼は慌てて視線を逸《そ》らした。

「妹は、あいつともヤッたのか？」

蒼井を指さし、桃子に訊いた。彼女は答えなかった。

確かに彩は処女ではなかった。だが、あの彩の身体を、今まで何人もの男が抱いていたとは、どうして想像できるだろう。

「彩さんに誘惑されなかった？」

「誘惑？」

声を震わせないようにするので必死だった。まさかこの女は俺と彩の関係を——。

「さっきも言ったけど、私、彩さんが心配だったの。何でそんなに男と遊ぶんだって。そしたら、お説教なんかしないで！　って怒鳴られたわ。しまいには、私は自分の兄貴ともヤッてやるわって言ったのよ。私も変な冗談止めなさいって怒鳴ったんだけど。しまいには彩さん、じゃあ賭《か》ける？　って言い出して――」

「その賭けの結果はどうなりました？」

桃子は、俺の顔を直視した。そして笑った。

「面白いことを訊くのね！」

「彩がどう答えたのか知りたいと思って」

「その話はそれでお終《しま》いよ。多分、彩さんも冗談で言ったんだと思う。いくらなんでも、自分のお兄さんと他の男を一緒くたにするはずないものね」

彩の同僚の春子と同じ意見だ。実の兄に抱かれるなんて、想像もしないのだ。桃子が賭けの結果を確かめなかったこともそれを証明している。ありえないことだから、確かめるまでもないと思ったのか。

その時、脳裏に興信所の調査結果が過《よぎ》った。奥津は近親姦によって生まれたのだという。彩は奥津と出会い、結婚を意識した。そんな折、奥津の出生の秘密を知ったのだ。だからこそ、俺に抱かれたのではないか。

やはり奥津に俺とのことを社内で言い触らされて自殺した、という当初の推測は間違いだったのではないか。考えたくないが、桃子の言っていることがすべて事実ならば、そんなことぐらいで彩が自殺するとは思えない。春子の話もそれを裏付けているように思える。

彩は自殺ではない。だとしたら、犯人は？

どんなに考えても、疑わしい人間は奥津しかいなかった。

if B　犯行直後に目撃者を殺さなかった場合２

あの恐喝者を殺さねばならない。

あいつがいる限り、俺は枕を高くして眠れない。恐喝に屈して金を払う、払わないはこの際問題ではない。詳細は分からないが、あいつにも奥津を殺害する動機があるという。あの時間に奥津のアパート近辺を歩いていたことを鑑《かんが》みても、奥津と男の間に何かあるのは間違いないだろう。

つまり、あいつも警察に取り調べられる可能性がある。もちろん、ああいう男だから、最初はのらりくらりと適当に受け答えするに違いない。だがいよいよ本格的に自分が疑われているとなったら、俺のことを洗いざらい喋《しゃべ》ってしまうだろう。

誰もがトランプのジョーカーを持っている。あいつにとっては俺を目撃したという事実だ。いつその最後の切り札を使われるか分からない。生かしておくのはあまりに危険だ。

だが、あの男が、いったい誰で、どこに住んでいるのかまるで分からない。これでは殺害計画を練ることすらできない。新聞を見ても、現時点で誰が奥津殺害の容疑者なのか報じられてはいなかった。

殺して口を封じない限り、いずれ彼は夕張で俺を目撃したことを警察に告げる。もしそうなったら死体を移動したトリックの発覚は免れない。

やはり何とかしなければならない。あの男が俺の存在を切り札として手元に置いている、今のうちに。

いても立ってもいられず、俺は夕張に向かった。もちろん今回は車ではなく、飛行機を利用した。

もし夕張に出向いたことを刑事に知られたとしても、事件の被害者の親族が、個人で関係者に話を聞いて回るのは、決して珍しいことではないはずだ。

この町のどこかにあの卑劣な恐喝者がいる。もちろん人口一万人ほどの小さな町と言っても、一人でむやみに歩き回っても大した収穫はないだろう。まず俺は奥津が勤めていた会社に電話をして、奥津の同僚を呼び出した。今夕張にいると言うと、彼女は心底驚いたような声を発した。彼女にとって、既に奥津はもう過去の人間であることが窺《うかが》えた。

恐喝者の正体を探るには、まず奥津の知人を当たるのが手っ取り早い。あの男が奥津に対して殺意が芽生えるほどの恨みがあったとしたら、周囲の人間がそれに気付いていてもおかしくはないだろう。

待ち合わせの喫茶店に入ってブレンドを頼んだ。コーヒーの香りで頭を覚醒《かくせい》させながら、今はもうこの世にいない人々に思いを馳《は》せていると、すぐに時間は過ぎた。

一時間後、息を切らせて、といった様子で奥津の同僚が現れた。

「待ちました？」

「いいえ、今来たところですよ」

と俺は嘘をついた。彼女とは一度だけ面識があった。あの時も、奥津に俺のような人間がいたのか、と驚きの目で見られたが、今も同じ目をしていた。

挨拶《あいさつ》もそこそこに、俺は話を切り出した。

「奥津さんが死にましたけど、社内はどんな様子ですか？」

彼女は、業務は滞りないが、奥津の仕事の引き継ぎが大変だと答えた。

「心当たりはありませんか？　その、誰が奥津さんを殺したか」

「強盗に入られたんじゃないですか？」

俺はコーヒーを一口飲んで唇を湿らせてから、ボロを出さないように慎重に言った。

「社員の皆さんは、それほどしつこく取り調べられてはいないと思います。でも、やはり私は彼と特殊な関係にあったので、疑われていないという訳ではないのですが、単純な物取りの犯行とは警察は考えていないんだな、ってことぐらいは分かります。私は知りたいんです。いったい誰が僕の弟になるはずだった男を殺したのかを」

彼女は困ったような顔になった。

「お気持ちはよく分かります。でも私も奥津さんとそれほど親しくしていた訳ではないので、誰に恨まれていたかなんてことまでは分かりません」

「彼はトラブルを起こしそうな人でしたか？」

「トラブルなんて、そんな――いい人だったと思いますよ。人格者って言うのかな」

あいつが人格者か。思わず苦笑した。

「だから、強盗に襲われて亡くなったというのならまだしも、怨恨《えんこん》で殺されたなんて信じられません」

「分かります。でももし奥津さんと誰かとの間に本当に何かトラブルがあったら、もしかしたら奥津さんには後ろめたいことがあったかもしれない。私は内々に処理したいんです。小説の仕事に支障が出るかもしれないから」

すると彼女は納得したように頷《うなず》いた。

「そういえば、御本読ませてもらいました！　とても面白かったです」

俺は苦笑したが、正直うんざりした。確かに花田欽也の本は多大な利益をあげている。でもあんな妹萌《も》えのライトノベルで食っているのかと思うと、時々恥ずかしくなっしてくれるとのことだった。お願いしますと頭を下げて、俺は彼女と別れた。
「奥津さんと親しい人を誰か知りませんか？」
彼女は社内の心当たりを探して、携帯に連絡
ってくるのだ。

続いて、奥津の実家に行くことも考えたが、俺は彼を殺した真犯人なのだ。そこまでずぶとい神経は自分にはない。俺と奥津がどんな関係かは、向こうも重々承知しているはず。警戒されるだろう。自分が動いていることを警察に知らせる結果にもなる。

その夜、俺は夕張駅前のホテルに泊まった。予約などしなくても部屋は空いていた。翌日、朝食を取ったレストランもガラガラで、ここが人口一万人の町であることを改めて思い知らされた。奥津はこの町でいったい何を思って生きてきたのだろう。そんな考えが脳裏を過《よぎ》る。

意味もなく夕張の町をふらふらしているのも人目につくと思い、ホテルの部屋で大人しくしていると、携帯が鳴った。昨日喫茶店で会った奥津の同僚が、律義に約束を守ってくれたようだ。

『とりあえず社内の人たちに一通り聞いたんですけど。奥津さんを恨んでいる人に心当たりのある社員はいませんでした』

「そうですか」

落胆はしないと決めていたものの、俺は途方に暮れた。

『ただ、奥津さんがよく行っていた、札幌のお店を知っている男性の社員がいました。サロンみたいなお店らしくて、もしかしたらそこの誰かが奥津さんのことを覚えているかも』

「サロン？　美容院ですか？」

『いいえ。喫茶店です。でも昨日お会いしたような普通のお店じゃなくて、和カフェって言うのかな。日本茶専門店で、それなりに高級店らしいです。でも教えてくれた人、あんまり死んだ人のこと暴かないほうがいいよ、って言っていました。思わせぶりな言い方でしょう？　そのお店に行けば、何か分かるかも知れません』

その店を知っていた社員にも話を聞いてみたいと思った。

「その社員さん、奥津さんのプライベートに詳しいんですか？」

『特にそういう訳じゃないんですけど、奥津さんと一緒にそのお店に行ったことがあるという方が、お葬式に来られたんです。その人から話を聞いたと。警察に話を聞かれていたから、何事かとそっちを見ていたら、向こうから話しかけてきたんだそうです』

あの恐喝者の顔が頭に浮かんだ。あいつも奥津の葬式に行ったと言っていた。そして顔をみるや否や、警察に事情聴取されたと。

俺は礼を言い、その店の名前と電話番号を聞いて、話を切り上げた。そしてすぐに、教えられたカフェに電話をした。だが、繋《つな》がらなかった。定休日か、と携帯で店の情報を調べたら、夕方から深夜までの営業という、喫茶店にしては変則的な営業時間だった。誰かの紹介でもなければこんな変わった店には足を運ばないかもしれないが、それだけ店の人間も客の一人一人を覚えている可能性は高いと思った。

夕方になるまで待ってもう一度かけると、店員が電話に出た。奥津のことを訊《たず》ねると、彼は警戒したような声を発した。

『マスコミ関係の方ですか？』

奥津が殺害された事件はそれほど大きな報道はされていなかった。それでも店員は常連客として警察の事情聴取を受けたのかもしれない。

「いえ、奥津さんの知人です」

そう言ってから、俺は奥津と自分との関係をかいつまんで説明した。店員の警戒心も少し解けたようだった。

「――それで、そちらのお店で奥津さんのことについて知っていることがあれば教えていただきたいのですが」

『知っていることと言われましても、お客様の一人というだけですからねえ。確かに仲の良いお客様は何人かいましたが――』

店員は困惑しているようだった。確かに漠然とした質問だが、奥津の手がかりはもうここにしか残っていないのだ。

『そう言えば――』

店員が呟《つぶや》いた。

『一ヶ月ほど前のことですが、奥津さんがご友人を連れてこられたことがありました。初めて見るお顔でしたから、会社の方ですか？　とお尋ねしたら、地元の知り合いのイザワさんだと。店の隅の席を指定されて、何か深刻そうな話をしていました。あまり聞かれたくない話をしていたようでした。私も気を遣って、声をかけなかったんですけどね。奥津さんは気さくにいつも声をかけてくれる方なので、雰囲気が違ったその時のことはよく覚えています』

地元というと、夕張か。イザワ、どんな字を書くのだろう。

「何の話をしていましたか？」

『さあ、ほとんど声が聞こえなかったので――。そう言えば、これ警察の方にもお話ししたんですが、一瞬、イザワさんが大きな声を上げました。興奮して思わず怒鳴ってしまったという様子でした』

「喧嘩《けんか》でもしたんですか？」

『よく分かりません。でも穏やかではない様子でした。イザワさんは、こう怒鳴ったんです。この人殺し！って』

興奮して口論になったとしても、なかなか人殺しという言葉までは出ない。

そして、俺を恐喝した男は奥津に恨みを持っている。

『他のお客さんたちも思わず黙ってしまって、私も大丈夫ですか、と様子を見に行ったんです。奥津さんは、すいません、とイザワさんに謝られて、それからはもう声を荒らげるようなことはありませんでした』

俺を恐喝した男とイザワが同一人物であると断定することは、もちろんできない。ただ彼らはどちらも夕張の人間だ。夕張は人口一万人にも満たない小さな町。そして二人とも奥津に恨みを持っている。

また何かお伺いするかもしれません、と言って電話を切った。札幌まで出向こうかと思ったが、恐喝者の写真を持っている訳でもないし、今の段階ではまだ時期尚早と考えた。

俺は夕張市の電話帳をホテルで借りてイザワの名前を探した。伊澤と猪澤がそれぞれ一件ずつあったので電話をしてみた。伊澤の方は中年の女性が出て、言葉巧みに家族構成を訊《き》くと一人暮らしだという。間違いだと謝って早々に電話を切った。

次に猪澤の方にかけたが、電話には誰も出なかった。

電話帳の住所によると、猪澤は夕張市の郊外に住んでいるらしい。行ってみようかと思ったが、家にいないのだから無駄足を踏みそうだ。やはりまず連絡を取ってから動きたい。

取りあえずもう一泊して、それまでに猪澤と連絡が取れなかったら、いったん網走に帰ることにした。俺にも仕事がある。あまりこの件にばかりかまけている訳にはいかない。

その夜、事態は進展した。猪澤には相変わらず電話が通じなかったが、別の人間から携帯に連絡が入ったのだ。

電話は東京からだった。桑原《くわばら》というフリーランスのライターが俺に取材を申し込みたいという。最初は小説のことかと思い、今は取り込んでいるので断ろうと思ったが、しかし話を聞くうちにそうではないことが分かってきた。

「どこでこの番号を知ったんですか？」

『出版社の方に教えてもらいました。花田欽也さんの窓口だと』

新規の仕事の依頼はメールか自宅の電話にしてもらうのが普通で、この携帯の番号は付き合いの長い編集者にしか教えていない。誰が桑原に番号を教えたのかは犯人探しをするようであえて訊かなかった。心当たりは何人かいる。

『最近、夕張で起こった殺人事件をご存知ですか？』

「奥津さんのことですか？」

自分が奥津の関係者だということは知られているだろうし、シラを切り通すのも不自然だ。

『はい。私は、その殺人事件を取材しているものなんです。夕張という人口一万人未満の都市で起こった殺人事件を取り上げるのも、なかなか面白いと思って』

俺はその殺人事件の犯人なのだから、こんな取材を受ける訳にはいかない。だが、あまりにも取り付く島もないという印象を相手に与えると不審がられるだろうから、断り方が難しかった。

「そうは言っても、殺人事件なんて日本中で山のように起きているじゃないですか。まさか花田欽也の名前を出して、無理やり事件に繋げようって言うんですか？　もしそういう企《たくら》みがおありでしたら、取材をお引き受けすることはできません」

『いえ、そうではないんです。実は奥津さんの知人から週刊標榜《ひょうぼう》の編集部に話が来ましてね。私にお鉢が回ってきたという訳です』

週刊標榜は有名な週刊誌だが、全体的に保守的な印象が強く、メインとしている読者層も中年以上の男性が多い。ライトノベル作家のスキャンダルを好んで読むような読者は少ないと思うので、事件そのものに関心を抱いているというのは本当かもしれない。

「奥津さんの知人って、誰なんですか？」

『それは今お知らせすることはできないのです。プライバシーの問題がありますから。もちろん取材を受けていただいて、先方の了解が取れればお伝えできます』

「もしかして、イザワという人ですか？　字は分からないけど、多分、動物の猪に難しい方の澤かな」

桑原は、少し黙った。そして、

『その名前をどこでお知りになったんですか？』

と訊き返してきた。正解だ、と俺は思った。

「私だって、こんなことになって独自に調べを進めているんです。花田欽也の名前に傷をつけたくないですから」

『猪澤さんとお会いになったことはないですよね？』

と桑原は断定的な口調で言った。答える必要はなかったが、そう言い切るからには、俺と猪澤の間に接触がないことは把握しているのだろう。ここではったりをきかせるより、できるだけ桑原から情報を引き出すほうが得策だと俺は考えた。

「自宅に電話をしたけど、出なくてね」

すると驚きの答えが返ってきた。

『それはそうです。猪澤さん、今、東京に出てきていますから』

「え？　どうしてです？」

『先ほども言いましたが、猪澤さん、週刊標榜に奥津さんが殺された事件を取り上げて欲しいとお考えになって、直接こちらに出てこられたんです』

「今、そこにいるんですか?」

『いえ、今は滞在先のホテルにいると思いますが。でもせっかくだから東京見物をしたいと仰《おっしゃ》っていました。とても興味深い事件なので、後日私も猪澤さんと一緒にそちらに出向きたいと思います。その時、ぜひ取材をさせていただきたいのですが』

　下手に断ったら後ろめたいことがあると言っているようなものだから、取材を受けるべきだと思う。しかし、やはり抵抗感は拭えない。自分が犯人にもかかわらず、ぬけぬけと素知らぬ顔でマスコミの取材を受けるなど――。

『もしもし?』

　数秒の沈黙を不審がるように、桑原は言った。

「殺された奥津さんと、私との関係を充分ご存知だからこそ、こうして取材の依頼をされるんですね?」

『はい。それはもちろん。生前の奥津さんの人となりや、ご関係をお尋ねしたいと思いまして』

「それだけですか?」

『と、仰いますと?』

もしかして奥津の事件をダシに俺に近づいて、彩とのことをあれこれ書き立てるつもりだろうか。殺人の罪を暴かれるよりマシかもしれないが、やはりマスコミに騒がれていい気持ちはしない。

「少し考えさせてください。今、即答はできかねます」

『分かりました。やはりお仕事に差し障るでしょう。お知り合いの方が殺人事件の被害者になられたというだけで、あれこれ言う人も中にはいますからね。深入りしたくない気持ちは分かります』

仮に桑原の取材に協力しなかったとしても、彼が俺のことを書かないという保証はない。取材を断ったことで悪く書かれるかもしれない。ましてや花田欽也は作家で一種の公人だ。面白おかしく取り上げられるかもしれない。

「でも、そんな簡単に取材に来るんですね」

『はい?』

「だって、要するにその猪澤という人が編集部に押し掛けて、事件を記事にしてくれって直談《じか》判したってことでしょう？　そんなのをいちいち相手にしていたらキリがないんじゃないですか？」

『もちろん、編集部にはいろいろな手紙や電話が来ますが、そのすべてを記事にしているわけではありません。しかし、今はまだ詳細は言えませんが、猪澤さんの話は大変興味深いものでした。記事にする価値はあると判断しました。もちろん取材の成果いかんですが』

突然電話をかけてきた、この桑原という男が、何故、奥津が殺された事件にニュースバリューがあると考えているのか、まったく分からなかった。

「猪澤が現れなかったら、記事にはしなかった、ということですか？」

『まあ、そうですね』

実際、奥津が殺された事件を大々的に報道しているマスコミはなかったと思う。週刊標榜の編集部は特ダネを狙っているのだろうか。猪澤は桑原に事件の何を話したのだろうか。まさか、この桑原というライターは俺が犯人だと知っているのか？　だからこそ、あえて何食わぬ顔をして、取材を申し込んでいるのか？

あの恐喝者は、やはり猪澤なのではないか。あの時轢《ひ》き殺していたら、こんな取材は受けずに済んだかもしれない。

俺は猪澤に対して一度も、金を払うとか、自分が奥津を殺したなどとは言っていない。猪澤は恐喝が成功する見込みがないと判断し、マスコミに情報を売って金を得ようとしているのか？

猪澤は事件の目撃者だ。警察もまだつかんでいない情報を、彼は週刊標榜に持ち込んだ。元々の殺人事件自体が地味なものであっても、大ニュースに化けるだろう。警察の捜査の先を行って犯人を捕まえた雑誌として、週刊標榜は売れる。猪澤は編集部からそれなりの謝礼を受ける。恐喝の金を当てにするより、よほど現実的だ。

この推測が正しいという保証はどこにもない。だがそうでないのなら、何故人口一万人ほどの小さな町、夕張で起きた殺人事件に、東京の有名な雑誌が食いつくのか。そして何故わざわざ俺に取材を申し込もうと言うのか。

『もしもし？』

桑原の声が遠くから聞こえた。

『加納さん？ 大丈夫ですか？』

「ごめんなさい。今ちょっと、仕事のスケジュールを調べていたところで——」

その場を取り繕うのに必死だった。諦《あきら》めて自首するか、という考えが脳裏を過《よぎ》る。

『お忙しいところ申し訳ないですが、こちらからまた改めてご連絡を差し上げるということでよろしいでしょうか？』

「できればアポイントメントは一ヶ月、否、二ヶ月前に頂きたかったですね。こちらも仕事があるもんで」

苦し紛れに嫌味を言った。

『申し訳ありません。なにぶん週刊誌の取材は即時性が求められるもので。突然、取材を申し込ませていただくという形が多いんですよ。とにかく取材をよろしくお願い致します。また後日改めてメールでインタビューの企画書をお送りするので』
あの恐喝者が今話に出ている猪澤だった場合、逃げ隠れはできない。どうであれ、ここは素直に取材を受けた方が得策かもしれない。

網走に帰って数日後、俺は再び猪澤の自宅に電話をしてみた。偏見かもしれないが、財政破綻《はたん》をした夕張という町に住んでいる住民が、潤沢に金を持っているイメージはなかった。東京に長逗留《ながとうりゅう》はしないだろう。もしかしたら滞在費は出版社持ちかもしれないが。

『はい？』

猪澤が電話に出た。あの恐喝者とは似ても似つかない、年配の男性の声だった。

「突然のお電話申し訳ありません。私、加納という者ですが」

『あ？』

ぶっきらぼうに猪澤は言った。見知らぬ者から突然電話がかかってきたら、それが当然の反応かもしれない。俺は構わずに話を続けた。

「失礼ですが、奥津さんとお知り合いの方ではないでしょうか？　奥津――」

俺が奥津の下の名前を言おうとした瞬間だった。

『何の用だ！』

いきなり怒鳴られた。

『お前も奥津の仲間か！　あんな奴らに巻き込まれて俺の息子は！』

電話は、まるで受話器を叩《たた》きつけるように切られた。

俺は暫《しば》し呆然《ぼうぜん》としていた。猪澤の怒鳴り声が、耳の中に反響し、暫《しばら》く消えることはなかった。

この男が札幌のカフェで、人殺し！　と奥津に向かって声を荒らげた人物なのか。

突然怒鳴られてびっくりしたのは事実だったが、それよりも、彼が言い残した最後の言葉が脳裏に焼き付いて消えなかった。

俺の息子——。

今、電話に出た猪澤の息子が、俺を恐喝したあの男なのか？

あの恐喝者は奥津に恨みを抱いている様子だった。今、電話に出た猪澤の発言とも一致する。

そのままの勢いで、俺は桑原の携帯に連絡した。電話に出た桑原は驚いたような声を発した。まさか俺の方から電話をかけてくるとは思わなかったのだろう。

「猪澤さんと言う方は、年配の方ですか？」

すると桑原は、

『はい。猪澤光蔵《こうぞう》さんという方です』

と当然のように答えた。

あの恐喝者は、やはり猪澤の息子なのだ。そう考えれば、納得がいく。いや、納得したかった。

猪澤と恐喝者が同一人物で、桑原、そして週刊標榜と組んで俺を告発しにかかっているとしたら、自分に勝ち目はない。でもそうではないとしたら。

週刊標榜がこの事件にどのようなニュースバリューがあると考えているのかは分からない。ただ彼らはまだ、俺が奥津を殺した犯人とは夢にも思っていないのだ。

「いえ、さっき猪澤さんに電話をしたら、思ったより年配の方の声だったんで。それであなたに確認したかったんです」

『意外？　猪澤さんが年配だったら意外なんですか？』

「いえ、奥津と接点があるということなので、何となく同年代だと勝手に誤解していたんですよ」

『しかし、それでわざわざ私に連絡をいただけるなんて』

「ご迷惑でしたか？」

『いえ、とんでもない。何かありましたら、遠慮なくまたお電話ください』

その桑原の丁寧な口調の裏側に、俺は彼から自分への疑いを感じ取った。そんなことで連絡するなんて、何かあるんじゃないか、と――。

「猪澤さんに電話をしたら怒鳴られて。まともに話も聞いてくれませんでした。それで気になって」

『そうですか。猪澤さん、少し感情的になっているようですからね。あなたも奥津さんの仲間だと思っていらっしゃる様子なんです』

第三者にそう思われるのは仕方がないのかもしれない。俺と奥津は家族になっていたかもしれないのだ。

詳しいことは取材の際に直接お話しすると桑原は言い、通話を終えた。もう完全に俺への取材は決まったものと考えている様子だった。

その日の夜、俺は迷った末、あの恐喝者に教えられた番号に電話をした。

恐喝者は、こうして俺から連絡しても、驚いた素振り一つ見せなかった。それどころか、電話が来るのを見越していたかのように、余裕綽々《しやくしやく》の様子だった。

『危ないところでしたね』

と恐喝者は言った。

「何がだ？」

『そろそろ別の携帯に換えようと思っていたから。そうしたらあなたは僕に連絡できなくなる』

「そうなって困るのはあんたじゃないか？」

『僕は何も困らないですよ。何しろ花田欽也は有名人ですから。コンタクトを取る方法はいくらでもあります』

この男の声を聞くと、はらわたが煮えくり返りそうになる。神のように超然とし、自分が遥《はる》か上の高みにいると思っている。冗談じゃない。俺だってお前の秘密を知っている。少なくともお前の名前は。

俺は唐突に言った。

「あんたは猪澤か？」

返事はすぐに返ってこなかった。

「どうなんだ？　俺だって、ただぼんやりしていた訳じゃない。あんたが誰だか探るためにあちこち出歩いたよ」

俺は暫く、返事を待った。

やがて恐喝者は小さくため息をついて、

『ばれちゃあ仕方がないですね』

などと言った。

やはりこの男は電話に出た猪澤の息子だった。喉《のど》に刺さっていた小骨が取れたような気持ちだった。

『どこで僕の名前を？』

「札幌のカフェが奥津の行きつけだって聞いたから、電話をしたんだ。奥津の葬式で話したんだろう？　奥津が猪澤って男と口論になったと店員が言っていた。なあ、あんた。俺を脅して金をせしめるつもりか？」

『いえ、そんなつもりはないですよ。ただ、将来にわたってのビジネスパートナーにさせていただければ嬉《うれ》しいと思っているんです』

「なら、あんたの光蔵とかいう親父を何とかしろ」

と俺は猪澤に言った。

『親父がどうかしましたか？』

「週刊標榜に事件の記事を書かせるつもりだ。俺のところにも取材に来るらしい。俺は事件に無関係なのに、週刊誌まで来られちゃ仕事にならない」

『僕は親父のやっていることは知らない。もうしばらく会っていないんだ』

「知らない？　嘘を言うな。お前が俺に会いに来たのと、週刊標榜が取材を申し込んで来たのとはほぼ同時期だ。そんな偶然があるのか？」

猪澤はまたもや黙り込んだ。

「都合が悪くなると黙るのか？　お前の方から勝手に現れたくせに」

『じつはあなたを目撃した後、一度だけ、父に会いました。奥津のことも話しました。だから、父が奥津を告発しようと考えたんだと思います』

「じゃあ、お前と週刊標榜はまったく、何も関係ないってことか？」

『はい』

「なら父親に言っておけよ。あれこれ探らせるなってよ。週刊誌のライターにうろうろされたら迷惑だ」

『それはやはり奥津の死に対して、後ろめたいことがあるからですね？』

「誰もそんなことは言っていない。こっちは信用商売みたいなもんだ。花田欽也に変なスキャンダルが持ち上がったら、一時的に本は売れるかもしれないが、出版社の信頼を失って次の作品が出せなくなる。あんたたち親子が奥津をどんなふうに恨んでいるのかは知らない。ああいう奴だから他人に恨まれるようなことを沢山したんだろう。だが、どうであれあいつは死んだんだ。それで溜飲《りゅういん》を下げて大人しく暮らすって考えることはできないのか？」

父親の方は週刊誌にネタを売り、息子の方は奥津を殺した犯人を恐喝する、正にこの親にしてこの子ありだ。

「お前は俺が奥津を殺したと思っているんだろう。だったら感謝こそすれ、恐喝などしないと思うがな」

するとと猪澤は、こう言った。

『憂さ晴らしです』

「は?」

『奥津は死にました。僕が殺そうと思ったのに。あなたが殺したせいです』

そんなの早い者勝ちだ――そう言いたくなるところを、俺はぐっと堪《こら》えた。

『このやり場のない怒りをどこにぶつければいいんです? あなたが責任を取ってください。あなたにはそうする義務があると思います。だから、憂さ晴らしです』

俺は初めて、この猪澤を恐ろしいと思った。猪澤は花田欽也の小説の売り上げの一部を要求していた。恐喝は犯罪だ。俺が警察に通報をすればそれでおしまいなのだ。

しかし、猪澤にとってはそんなことは関係ないのだ。恐喝が成功しようと失敗しようと、自暴自棄になっているのだから。そういう相手が一番恐ろしい。金をやったところで、俺のことを警察に黙っている保証はない。それどころか、奥津の代わりに俺を殺して溜飲を下げようとするかもしれない。

「俺は奥津を殺していない」

『まだそんなことを言ってるんですか? 僕は現場近辺であなたを目撃したんですよ?』

「知らないよ。見間違いじゃないのか? 他人の空似だ」

轢《ひ》きかけた後、憤怒《ふんぬ》の表情でこちらに迫ってきた彼の表情を思い出す。あれは奥津に対して向けられた怒りだったのか。

「あんた、仕事は何をしてるんだ?」

『そんなことが関係あるんですか?』

答えないのは、自分の情報を知られたくないと思っているからか。でもそれだけではないだろう。まさか本格的に恐喝を生業《なりわい》としている訳ではないだろうが、フリーのアルバイトか、無職か。平日の昼間に網走の俺の家に現れるわけだから、少なくともサラリーマンではないだろう。

俺だってサラリーマンではないが、少なくとも花田欽也の名前は多くの人に知られている。仮に刑事がライトノベルに詳しくなくとも、どれだけ売れているかは調べればすぐに分かるはずだ。つまり社会的信用がまるで違う。もちろんそれで疑われないことはないだろうが、心証は大分違うはずだ。

俺はまだ大丈夫だ、そう自分に言い聞かせる。

「警察に言うなら言えばいい。自分が疑われるだけだぞ。お前には俺と違ってなんの立場もないんだ」

猪澤は、くっくっ、と押し殺したような笑い声を発した。

「何がおかしい?」

『おかしいですよ。確かに警察は国家権力ですからね。僕の言うことなんて信じちゃもらえないかもしれない。でも、僕の父親は週刊標榜と繋《つな》がりがあるんでしょう?

ベストセラー作家のスキャンダルを流したら、きっと面白おかしく取り上げてくれるはずだ。警察も見過ごせなくなるでしょう』

「週刊標榜を読んでるのは、保守的なオヤジだ。花田欽也のライトノベルとは読者層が違う」

『だから何ですか？　あなたには立場があるんでしょう？　仮に僕が奥津を殺したとしたって、そんなどこにでもあるような事件は週刊誌じゃ取り上げない。でもあなたが殺したら話は別だ。きっと普段週刊標榜を読まない若い読者も、あなたの記事が載っているってだけで買うはずだ。普段の読者層なんて関係ないですよ。話題になればそれでいいんだ。週刊標榜の取材力は相当なものでしょう。特ダネ欲しさに、きっとあなたが犯人である証拠を見つけ出すはずだ。そういう未来は現実に訪れるんですよ？』

猪澤の言っていることは事実だった。週刊標榜の記事が話題になれば、さすがに警察も本腰を入れて捜査を始めるだろう。

「俺は、奥津を、殺して、ない」

一言一句猪澤に言い聞かせるように言葉を発した。

『よく分かりました。あなたのお考えは。ならこっちも考えがあります』

「誤解で他人を恐喝するような奴の考えだ。余計な騒ぎは起こさない方が身のためだと思うけどな。お前が恥をかくだけだぞ」

『ああ、なるほど。やっぱりあなたは僕に騒がれては迷惑なんですね』

「勝手に言ってろ！」

そう怒鳴って、俺は電話を叩《たた》き切った。


ライターの桑原が網走にやってきたのは、それから数日後のことだった。二日前に北海道入りして、先に夕張の方を調べていたのだという。うっすらと脱色した茶色い髪が、フリーライダーのような革ジャンを着ている。うっすらと脱色した茶色い髪が、フリーランスと思わせた。


名刺には『桑原銀次郎《ぎんじろう》』とあった。俺はその名刺を暫《しば》く直視してしまった。

「時代劇スターみたいな名前だ」

「よく言われます。子供の頃は嫌でしたけど、社会人になると名前を覚えてもらいやすくていいんですよ。私はフリーランスだから尚更《なおさら》です」

それが仕事なのだから当然かもしれないが、はきはきと話すいけ好かない男だった。

「猪澤さんは、俺と会いたくないと？」

「ええ。感情的になりやすい方のようですから。無理やり会わせてトラブルになったら加納さんに申し訳ありませんから」

「感情的になりやすいって言ったって、それですぐに喧嘩《けんか》にはならないでしょう」

「そうかもしれません。でも猪澤さん、空手の有段者でなかなかやるらしいんですよ。下手に怒らすと正直怖いです。それとも、猪澤さんに会いたい理由があるとか？」

「そんなものはないです。ただ俺も奥津の仲間だと思われているのは理不尽でね。確かに弟になるはずの男だったけど、もう関係ないんだ」

網走には初めて来たという桑原を海鮮市場に案内し、食堂で昼食をとった。会計は桑原が払った。悪いですね、と言うと経費で落ちるから私も嬉《うれ》しいんです、などと言われた。二人で海鮮丼を食いながら、俺は気になっていたことをそれとなく探るように桑原に訊《き》いた。

「猪澤さんの息子とは面識があるんですか？」

「息子さんをご存知なんですか？」

桑原は驚いたように言った。

「前回、お電話を差し上げた時、猪澤さんのことを知っていらして驚いたんですが、息子さんの話は出なかったように思いますが」

「奥津の同僚の女子社員と話す機会があったんです。そうしたら奥津は札幌のカフェによく通っていたみたいで。とりあえず電話してみたんです。向こうが彼のことを知っていました。一度猪澤という男と一緒に店に来たことがあったと。もちろん電話での話だからよく分からないこともあったけど、店員の口ぶりでは何だか猪澤が若い男のようだったので」

「なるほど。だからわざわざ加納さんの方から電話をかけてくださって、猪澤さんが年配かどうか訊《たず》ねられたんですね。じゃあ猪澤さんの息子さんは、その店で奥津さんと会っていたかもしれないんですね」

桑原は一人頷《うなず》き、

「これは有益な情報だ」

と呟《つぶや》いた。

「そうですか？」

「ええ。猪澤さんの息子さんは、現在行方が分かりません。猪澤さんは奥津さんが息子さんの失踪《しっそう》にかかわっていると考えているんです」

その時、ふと疑問が生じた。あの恐喝者の猪澤は、父親と一度だけ会って奥津のことを話したと言っていた。だからこそ、父親は事件を週刊標榜に持ち込んだのだ。桑原がそのいきさつを知らないはずはないと思うが、どうやら桑原は、猪澤の息子が姿を消してから一度も父親と会っていないと思っているふうなのだ。猪澤の父親は息子から奥津の存在を知らされた事実を、桑原に隠しているのだろうか？

「猪澤親子と奥津の間に、いったい何があったんですか？」

桑原は観光客で溢《あふ》れた店内を見回し、

「別のお店で話しましょうか？　上手《うま》く録音できないかもしれない」

だからこそこういう喧《やかま》しい店で話したかったが、取材に協力的でないことを知られたくはなかったので素直に従った。

桑原が宿泊しているホテルに移動し、ロビーに併設された喫茶店で話をすることにした。桑原は俺に許可を取ってからICレコーダーをテーブルの上に置いた。これで迂闊《うかつ》なことは話せなくなったが、録音を拒否して何かあるのではと邪推されるのは良くない。

「個人のプライバシーにかかわることなので、失踪の詳細はお教えすることはできませんが、それでは取材を快諾してくれた加納さんに失礼ですから、可能な限りお話しします。どうやら猪澤さんは、息子さんの失踪に奥津さんが関与していると考えているようなんです。奥津さんが殺されたのも、息子さんの失踪絡みだと。失踪前の息子さんが行きつけだったバーのバーテンダー、蒼井さんにいろいろ話を聞きましたよ。夕張のMというバーです」

「それで、俺に何を訊きたいんです？」

「奥津さんの人となりを教えて欲しいんです」

人となりと言われても困ったが、思いつくままに答えた。

奥津の死と、猪澤の息子の失踪とはまったく関係ないことは、この俺が一番よく分かっている。だが猪澤の息子と奥津の間には確かに確執がある。それは、あの夜、あいつがあんな場所を歩いていたことからも明らかだ。あいつも殺すつもりで奥津に会いに行ったと言っていたではないか。

俺が奥津を殺さずとも、猪澤が奥津を殺していたかもしれない。俺は奥津を無駄に殺してしまったのか。しかしそんな後悔よりも、あらためて奥津という男がたどった数奇な人生に思いを馳《は》せずにはいられなかった。

if A　犯行直後に目撃者を殺した場合3

彩が屋上から飛び降りた瞬間、奥津はオフィスにいたという。本音を言えば、Y商事の社員全員に会って話を聞きたいところだが、社内の情報を警察でもない第三者に漏らすはずもない。何とか事情を訴えて話を聞くことに成功したとしても、俺の身分を明かさなければならず、さすがに目立つ。

それでも俺は、彩の同僚の春子に頼んで、奥津がオフィスにいた時の状況を教えてくれと頼んだ。彼女は、いい加減迷惑であるという素振りを見せながらも、協力してくれた。だが、残念ながら大勢の社員が奥津がオフィスにいたことを証言しているという。Y商事の社員全員が共犯者でない限り、奥津が直接彩を殺すことはできそうにない。

もしかしたら実行犯は別にいるのだろうか。

Y商事の方はいったん保留にして、俺はバーMの彩の知り合いを探ることにした。信じたくないが、彩はあのバーで様々な男と関係を持っていたという。

ひいき目に見ても、彩はいい女だ。遊びのつもりで抱かれても、本気で好きになる男は当然いるだろう。実の兄にまで抱かれる奔放な女であることに絶望した奥津が、同じ境遇であるMの関係者と結託することは決してないとは言えない。

俺は再び夕張のMに向かい、バーテンダーの蒼井に、秋津桃子の連絡先を教えてくれと頼んだ。

「連絡先？　知りませんよ」

と蒼井は素っ気なく答えた。

「店がいちいちお客の連絡先を把握しているはずがないでしょう。よっぽどの常連ならいざ知らず」

「でも、彩の連絡先は知ってたんだろう？　外で会う時、知らなきゃ困る」

「何を言っているのか分かりませんね」

分かっているはずだ。目を合わせないのがその証拠だった。

「妹がいろんな男とヤッていたのは分かっている。あんたとも。別にそのことはどうでもいい。妹は実の兄の俺を落とせるかどうか賭《か》けてたって話だ。その賭け、勝ったと思うか？」

蒼井はグラスを拭《ふ》きながら、

「何を馬鹿馬鹿しい――」

とつぶやいた。

「彩が死んで、嬉《うれ》しかったか？」

蒼井のグラスを拭く手が止まった。

「自分一人だけのものにならないんだったら、死んでしまった方がマシだもんな」

「何が言いたいんです？」

彼は遂《つい》に俺の目を真っ直ぐに見据えた。

「俺は作家だ」

「知ってます。妹さんから聞きましたから」

「だからいろんなことを考える。奥津とこの店の誰かが協力して、彩を殺したんじゃないかって」

「それが俺だと？」

「さあどうだろうね」

俺は嘯《うそぶ》いて、カクテルを口に含んだ。

「それが分かったら、どうするんですか？」

暫《しばら》く考え込むふりをして、

「復讐《ふくしゅう》しようかな」

と言った。蒼井は笑わなかった。冗談とは思わなかったのだろう。

もし本当に彩が殺されたとしたら、当然、その実行犯も亡き者にしなければならない。奥津を殺した俺には、復讐を完遂する義務がある。

「何か知ってたら、今のうちに言った方が身のためだと思うけど」

「何も隠しちゃいませんよ」

前回ここに来た時も、蒼井は彩との間に関係があったことを言わなかった。もちろん馬鹿正直に告白はできないだろうが、このバーテンダーは信用できない。

「心当たりはないか。この店の他の客で、彩を殺しそうな奴は」

「そんな人いませんよ。いたとしても、言いません。お客さんを売ることはできないですから」

「あんたは彩を愛していなかったのか？」

と俺は言った。蒼井は笑った。

「愛なんて、そんな台詞《せりふ》言ったことありませんよ。やっぱりあなたは作家ですね」

「表現はどうでもいいんだよ。彩を大切な存在に思っていて、もし誰かに殺されたのだったら、復讐を考えてもいいんじゃないか？」

蒼井は暫く黙って、

「俺、親がいないんですよ」

と言った。

「それが何だ？」

「彩さんと同じです」

そう言って、また黙った。

「だから、それが何なんだ？」

「本当のことを言ってもいいですか？　俺も男だ。寂しい時には女を抱く。そこにたまたま妹さんがいただけだ。それだけです。妹さんは、寂しかったんです。俺と同じですよ。あなたが彩さんを大切に思っているのは分かります。だからといって、責任を誰かに押し付けるのは止めた方がいいと思います」

「押し付ける？」

「彩さんが殺されたと思っているんでしょう？　そんなことを言っているのは猪澤さんだけです。お客に対してこういう言い方はあれですけど、あんな人の言う事をまともに訊《き》く必要はないですよ。金のために何でもするような男なんだから」

「急に猪澤のことを悪く言い始めたな。責任を猪澤に押し付ける気か」

「違いますよ。そもそもありえないって言ってるんです。俺が妹さんが勤めている会社に忍び込んで、妹さんを屋上から突き落としたっていうんですか？　誰にも目撃されずに？　無理ですよ。彩さんが勤めていた会社のセキュリティがどれだけのものか知りませんけど、部外者が社内にいたら目立ちますよ」

「何食わぬ顔をして、社内に侵入したんだ」

「だから、無理です」

「何で」

「俺、スーツ持ってないから。妹さん、商社に勤めていたんですってね。この格好で忍び込んだら、さすがに目立ちますよ」

そう言って蒼井は自分が着ている長袖《ながそで》のアロハシャツを見下ろした。

スーツを持っていないことが本当だとしても、それくらいどこからでも調達できるだろう。決定的な反論にはならない。

だがやはり、このバーテンダーが彩を殺したというのは、現実味がなかった。

「猪澤さんを皆で手分けして捜しますか？　それくらいなら協力してもいい」

と蒼井は言った。

俺は小さく首を振った。

「いや、捜しても仕方がない」

猪澤にはもう何も訊けないのだ。しかし、そう言ってすぐに自分の過ちに気付いた。

「どうしてです？」

と蒼井が訝《いぶか》しげな顔をした。しまった、と心の中で呟《つぶや》く。つい本音が出てしまった。

「失礼な言い方かもしれないが、あなた方に猪澤を捜し出せるとは思えない。警察も血眼になって捜しているのに見つからないんだから。もちろん、猪澤の方から接触してくれれば話は別だけど」

そう俺は軽く受け流した。幸いにも蒼井がその俺の態度に不信感を抱いた素振りはなかった。

「このバーのお客さんを疑うより、社員さんを疑った方がいいんじゃないですか？」

社員が犯人ならば、どうやってY商事に潜入したか、などと考える必要はなくなるのだ。そちらの方が自然だし、無理がない。しかし彩の同僚の春子は、Y商事の社員には、ほとんど全員アリバイがある、と言っていた。

秋津桃子の連絡先を、蒼井が本当に知らないのか、それとも嘘をついているのかは分からなかったが、とにかく彼女とは会えなかった。望み薄かと思ったが、桃子が来たらこれを渡してくれと、自分が宿泊するホテルの電話番号を紙切れに書いて蒼井に差し出した。

「あのお客さんに訊いても、特別なことは何も分からないと思いますよ」

「少なくとも、あんたよりは協力的だ」

俺は店を出て、ホテルに帰った。桃子から連絡が来るまで、気分転換にホテルの部屋で執筆するのも良いと思った。自分からカンヅメになったようなものだ。しかし仕事をしようにも、彩のことが気になって原稿はほとんど進まなかった。

部屋のインターホンが鳴らされたのは、夜だった。ルームサービスは頼んでいないのにな、と訝しみながらドアを開けると、そこには見覚えのある二人組が立っていた。

「加納豪《ごう》さん。ご無沙汰《ぶさた》しております」

西岡が言った。いちいちフルネームで呼ぶところが当て付けがましかった。

「それとも、こうお呼びした方がいいでしょうか？　花田欽也先生？」

「何の用ですか？」

俺は不愉快さを隠さずに、訊いた。もちろん彼らが来ることは想定していたが、蒼井にホテルを教えたその日に訪れるとは思わなかった。

「何故、こんなところにいるのか、お尋ねしたいと思いまして」

和泉が言った。俺に対する疑惑を露《あらわ》にした表情だった。

「仕事してるんですよ」

「わざわざ夕張で？　ちょっと話がしたいんで、下に来てもらえますか？」

正直、鬱陶《うっとう》しかったし、この刑事と話している間に桃子から連絡が来るかもしれない。だがもちろん拒むことなどできず、俺は渋々頷《うなず》いた。

ホテルのロビーに併設されている喫茶店に移動し、そこで話をすることになった。

「Mでいったい何を探っているんですか？」

西岡は、そう訊いてきた。

「猪澤を捜していたんです」

「どうして、そんなことを？」

「あなた方が教えてくれたじゃないですか。猪澤は奥津を恐喝していたって。少なくとも猪澤は、奥津が彩を殺したと思っている。どうしてそんな考えに至ったのか、会ってぜひとも話を聞いてみたいと思ったんです。妹を亡くした兄としては普通の感情でしょう」

「だからって、あなたが直接猪澤を捜す必要はないんですよ。私どもに任せてもらえれば」

「じゃあ、猪澤を発見できる見込みはあるんですか？」

そんな見込みはないと分かっているから、あえて訊いた。

「確かに時間はかかっています。もしかしたら海外に逃亡したのかもしれない」

愚かな。俺は笑いを嚙《か》み殺すのに必死だった。

「だが、警察が全力で行方を追っている人間を、あなたのような一般市民が向こうを張って捜すなんて、現実的ではないです。はっきり言います。捜査の邪魔になるし、それにあなたに危害が及ばないとも限らない」

「捜査の邪魔？　どこがです？」

「Mに足しげく通っていることですよ」

和泉が言った。

「たった二回しか行っていません」

「充分です。我々だって猪澤がMに姿を現すことを想定しているんだ。それなのにあなたが猪澤を嗅《か》ぎ回ったら、警戒して姿を現さないかもしれない」

この二人かどうかは分からないが、とにかく刑事がMの前で張り込んでいたのは事実なのだろう。決して現れるはずのない猪澤を待って。

「ここのホテルは、あのバーテンダーに訊いたんですか？」

「ええ。あなたは彼にかなり執拗《しつよう》に食い下がったようですね。刑事さん何とかしてくださいよって泣きつかれましたよ」

遊びで抱いた女の兄が、足しげく通って来るのだ。蒼井にしたらたまったものではないだろう。

「どうしてお兄さんがそこまで妹さんが殺されたとお思いになるのか、不思議ですね」

憎たらしい顔で、和泉が言った。

「自殺であることを信じたくないんじゃないですか？　あなたに原因があるから」

「私に？」

「奥津さんは、あなたが妹さんと関係を持っていたと考えていたようですね」

その決定的な話題を、和泉は、声のトーンを落とす事なく、周囲の目も憚《はばか》らずに、堂々と口にした。

「それが事実かどうかは我々には興味がありません。近親姦《かん》を取り締まる法律はありませんから。ただ、奥津さんがそこまでの考えに至るまでは、いろいろなことがあったんでしょう。興信所の調査員が調べた、あなたと妹さんとの親密な様子。それにMでの妹さんの評価。婚約者に追及されて、いたたまれなくなって自ら命を絶ったと考えるのが妥当かと」

「彩の同僚は、奥津が皆の前で彩を追及したから、むしろ奥津の方が肩身が狭くなったと言っていましたが」

反論しなければ認めたことになると思った。だが、そう言うだけで精一杯だった。

「それもその人の個人的な印象です。加納さん、妹さんはあなたに無理やり関係を迫られたから、自暴自棄になってMに集う男達とフリーセックスにふけったと考えることはできませんか？」

「――そんな表現は止めてくれ」

「事実ですから」

和泉はつれなく言った。

「妹さんの死に、あなたが責任を感じたくないのは分かります。でも言っておきますが、当時、社内にいたY商事の社員は全員、アリバイの確認が取れています」

「ほとんど全員のアリバイが取れていると？」

「ほとんど全員ではありません。全員です」

「外部からの侵入者の可能性は――」

「誰ですか？　Mのバーテンダーですか？　Mの常連客の中に、妹さんを恨んでいる者がいたという推測は、まあいいでしょう。でも彼らの中に犯人がいるなら、どうしてわざわざY商事の社内で殺害するんです？　もっと別の場所で殺すはずじゃないですか」

刑事たちの言う通りだった。あのバーの常連や関係者が、たとえ彩に殺意を抱いたとしても、わざわざ危険を冒してY商事で彩を殺す必要はないのだ。

それでも俺は食い下がった。

「彩はMではY商事とは違う一面を見せていたといいます。それを知ったMの関係者が、彩を脅迫するために会社に乗り込んだとしたら？」

「それで突発的に彩さんを突き落としてしまったと？　どうして恐迫者が彩さんを突き落とすんですか？　殺してしまったら、恐迫できないじゃないですか」

「だから、それは、もみ合って――」

段々と言葉が小さくなってゆく俺を、和泉はじっと見つめている。

「脅迫のために Y商事に行ったとしたら、恐らく他の社員さんに自分の存在を知られてしまうと思います。でもそんな人物は誰も見ていないんですよ」

西岡が言った。どうやら刑事たちは二人がかりで、俺を説き伏せようとしているらしい。

「加納さん。我々はあなたにもう一度話を聞きたいと思っていたんですよ。そんな折、あなたの方からこちらに出向いてくれた。だから我々がこうしてお訪ねした次第です。先ほどの奥津さんの話に戻りますが、実際どうなんですか?」

「どうなんですか、とは?」

「奥津さんの妹さんに対する誹謗《ひぼう》についてですよ。あなたと妹さんとの間に関係があるという」

俺はすぐに答えなかった。

「事実なんですか?」

「事実の筈《はず》がないでしょう!」

奥津を殺したこと以外は嘘をつきたくなかったが、これぱかりは仕方がなかった。

「まあまあ。先ほど言った通り、それが事実かどうかは論点ではないんですよ。ただね——」

「ただ?」

「加納さんの考えている通り、妹さんは他殺だったのではないか、という疑いが出てきましてね」

「は？」

俺は耳を疑った。

「署内から、妹さんが自殺だったという判断は誤りだったのではないか、という声が上がったんです」

「ふざけるな！　あんたたち、さっきまで妹は自殺だと言っていたじゃないか！」

周囲の人々が凍りついたように俺を見ていたが、そんなことを気にしている心の余裕はなかった。妹の自殺を疑っている俺を責めた、今までの彼らの話は何だったというのか。

「自殺したとは言っていません」

「同じことだ。あんたらがもっと早く彩の死を殺人事件として捜査していれば、彩を殺した犯人を捕まえられたかもしれないじゃないか！」

そして俺は奥津と猪澤を殺さずに済んだかもしれない。

「彩さんの死を自殺で処理したのは別の者でしてね。我々はあくまでも奥津行彦さん殺害の事件を捜査してるんですよ」

国家権力にあぐらをかくと、こうまで人間はふてぶてしくなることを、俺は知った。

俺と彩の間にどんな関係があろうと、そして彩の敵をとるためにMの周辺を探ろうと、この刑事たちに非難する資格は一切ないのだ。

「彩さんの死が自殺で落ちついたのは、婚約者の奥津さんが彩さんをお兄さんとのことでなじっていた現場を、社員さんの多くが目撃していたからです。奥津さんにそのような誹謗をされたせいで自殺をしたと。奥津さんが彩さんを突き落としたという可能性は、状況から鑑《かんが》みてないと判断されました」

「――唯一の容疑者にアリバイがあったから、殺人じゃないと？」

いつまでも怒鳴っていても仕方がないので、俺は努めて平静に刑事たちの話を聞こうとした。それでも彼らに対する不信感の火は、心の中で燻《くすぶ》り続けていた。

「そう判断されました。でももちろんその当時は、まさか奥津さんが殺されるなんて思ってもいませんでしたからね。彩さんの死についても調べ直そうという話になったんです」

「当初の検死の段階では、妹さんは背骨を骨折していたので、突き落とされたのではという意見も確かに出たんです。飛び降り自殺なら、足を骨折するケースが非常に多いんです。そのまま覚悟を決めて飛び降りますからね。でも他殺の場合は、落ちる瞬間にもがくので不自然な体勢のまま地面に激突することがあるんです。重要参考人の奥津さんにはアリバイがあるので、他殺ではないという結論が出たのですが――」

そこで西岡は言葉を切って、俺を見つめた。もちろん和泉も。

「何です？」

「もしですよ。彩さんの死が殺害によるものだとしたら、いったい誰の犯行かという問題が当然出てきます。Y商事の社員ではありません。全員アリバイがありますから。当然外部犯ということになる。社員は皆不審な人物など目撃していないと言いました。やはり、部外者がいきなり社内に入って行って、誰にも見られないというのは不自然だと思います。社員の手引きで前もって社内にいたとしか思えない」

「つまり犯人は、Y商事の社員の顔なじみという事です」

和泉が、合いの手を入れるように言った。

「奥津が彩を恨んでいる部外者を社内に招き入れたってことですか？　彩を殺させるために？」

「殺すために招き入れたのではないと思います。犯人は彩さんと話がしたかっただけでしょう。現場が人気《ひとけ》のない屋上であったことも、それを裏付けています」

俺は西岡が言っていることの意味を、暫《しばら》く考えた。

そして言った。

「彩自身が犯人をY商事に招き入れたってことですか？」

確かに盲点だが、一番自然な推測かもしれない。

「猪澤ですか？」

と俺は言った。猪澤はY商事の前の喫茶店で姿を目撃されていた。猪澤は彩に付きまとっていたというから、話をつけるために彩が社内に猪澤を招き入れたのだろうか。しかし、そんな話を社内でするとは考え難《にく》いし、そもそも猪澤が彩を殺した犯人だとしたら、奥津を恐喝していたという話はいったいどうなるのか。辻褄《つじつま》が合わないではないか。

刑事たちは俺の質問に答えなかった。

俺は息を飲んだ。

刑事たちの意図がようやく分かった。

「どうして俺がわざわざ夕張まで行って、彩を殺さなきゃいけないんだ？」

「奥津さんは彩さんと婚約していた。ところが彩さんとあなたが関係しているかもしれないという疑いが浮上した。近親姦《かん》という要素があるからそちらに目を向けてしまいがちになりますが、それを取り除けばこれは単純な男女の三角関係だ。奥津さんにはアリバイがある。彩さんを殺すことは不可能だ。なら疑わしいのはアリバイのないあなただ」

「俺はその時、網走にいた」

「それを証明できる人は？」

「そんな前のアリバイを証明できるはずがないだろ！　夕張に来たって言うんだったら、その証拠を出してみろ！」

「証拠はありません。一応飛行機の搭乗記録を調べましたが、身元が明らかでない搭乗客は見つかりませんでした」

「ほらみろ！　飛行機を使わずにどうやって網走から夕張まで——」

その自分の言葉を俺は飲み込んだ。

「車を使ったんじゃないですか？」

俺は反論できなかった。

「三百キロありますが、六時間もあれば着きます」

分かっている、そんなことは、この刑事に言われなくとも。

和泉は、俺を弾劾するかのように言った。

「あなたは最初っから、彩さんを殺すつもりだった。だから足がつかないように、車で夕張まで来たんだ」

馬鹿馬鹿しい、と鼻で笑おうとした。だが、できなかった。俺が彩を殺したなど荒唐無稽《むけい》そのものだが、しかしその方法は現実に俺が、奥津を殺すために行ったものだからだ。

和泉は更に話を続ける。

「失礼ですが、網走の周辺の整備工場を調べさせてもらいましたよ。あなたは先週、車のバンパーを交換させてますよね？　父親の代から乗っていた車だから、あちこち傷んでるなどと説明したようですが、本当ですか？　網走から夕張まで往復で車を運転したら、さすがに疲労がたまる。どこかで事故を起こしたんじゃないですか？」

　車のバンパーを交換したのは、猪澤を轢《ひ》き殺してへこんでしまったからだ。もちろんそれを言う訳にはいかない。

「何の証拠もない」

　俺はつぶやくように言った。しかし和泉は俺のその言葉には答えず、まるで勝ち誇ったように俺の顔を見つめている。

「妹さんの法要が終わった頃にバンパーを修理したのは、もうすべてが終わったと思ったからですか？　死者を弔うのは四十九日で終わるかもしれないけど、殺人の時効は十五年ですよ」

　ハッタリだ。俺はそう思った。俺は彩を殺していないし、奥津が死んだ二ヶ月前に車をここ夕張に向けて走らせたこともない。俺を逮捕するに足る決定的な証拠など、何一つないのだ。

　この刑事たちは、あくまでも奥津が殺された事件にかんしての捜査をしているはずだ。彩の事件は関係ない。つまり、俺を揺さぶって、奥津殺害にかんしてボロを出させようとしているのだ。そんな手に乗ってたまるか！

「仮に俺が彩を殺したとしましょう。どうして、わざわざY商事で殺さなければならないんです？」

「奥津さんに罪を擦《なす》りつけるためです」

和泉は言った。

「奥津さんは、興信所でお二人を調べさせていたそうですね。興信所ではあなたと彩さんが関係しているという決定的な証拠はつかめなかったと言います。しかし奥津さんは彩さんが自分との結婚に足踏みしている原因を、あなただと思った。それであなたに直談判《じか》しに行った。そうですよね？」

「いつのことを言っているのか——そりゃ、奥津は妹の婚約者だった。俺の弟になるはずの男だったから、向こうから網走の方に来て話すことは何度かありましたよ。それが何です？」

「奥津さんが彩さんを社内でなじったことを知ったあなたは、これを機会に彩さんを殺すことにした。もともと彩さんの結婚には反対だった。殺せば永久に自分のものだ、そう考えたんじゃないですか？」

「——勝手に言ってろ」

極めて小さな声でそう言った。しかし、恐らく二人の耳には届いただろう。

「あなたは彩さんの手引きでY商事に入った。二人っきりで話せる場所として屋上を指定した。そして彩さんを突き落とし、騒ぎに乗じて現場から立ち去った。皆、社員が屋上から落ちたことに気を取られて、社外の人間が紛れ込んでいることに気付かなかったんでしょう。それともトイレにでも隠れてやり過ごしましたか？　あなたの誤算は、明らかに突き落として殺したのに、彩さんが自殺とみなされたこと。そしてその時間、奥津さんがオフィスにいたことだ」

「馬鹿馬鹿しい」

そう言うしかなかった。

「そりゃ、あなた方の妄想でしょう？　そんなものを聞かされて、どうすればいいんだ？　感想を言えとでも？」

「彩さんは自殺ではないと考えています。事故とも考えづらい。あなた以外に動機がある人間はいないんですよ。あなたは、奥津さんが彩さんを殺したとあちこちで吹《ふい》聴《ちょう》しているようですね。それは奥津さんが殺されたのを良いことに、当初の計画を完遂しようとしているんじゃないですか？　死人に口なしだ」

「そんなことは考えてない」

「じゃあ、どうしてです？」

「それは猪澤がそう言っているって聞いたから、もしそうなら遺族として裏をとらなきゃいけないと思ったんだ！」

「ねえ、加納さん。考えてもみてください。猪澤は恐喝者です。その情報をネタに奥津さんを強請《ゆす》ろうとしていたなら、何故それを他人に言い触らすんです？　自分だけの秘密だから恐喝のネタになるんです。他人に漏らした時点で信憑《しんぴょう》性が薄いとお思いになりませんか？」

そんなこと、考えたこともなかった。

猪澤は猪澤なりに彩を愛していた。だから酒の勢いで奥津への恨みを、周囲の人間に口走ったのだろうか。それを俺は本気にしてしまったのか。

暫く、誰も、何も言わなかった。口を開いたのは西岡だった。

「加納さん。我々は、あくまでも奥津さんの殺害を捜査しています。ですから、知っていることをすべて、包み隠さず話して欲しいんです。私らだって、何の理由もなく、あなたを疑ったりはしません。車で網走と夕張を往復したなんて推測も、突拍子もないものだと分かっています。でもあなたは何故、そうまでして奥津さんを妹さん殺しの犯人として疑っているんですか？」

「それは、俺は兄だから――」

「彩さんの同僚だった春子さんからも、相談されました。それが今回、あなたを疑うようになったきっかけなんですよ。何度も彩さんの話を聞かれて、気味が悪いって。

あそこまで話を聞き回るなんて、何かあるんじゃないかと言っていました」

あの女、人の良さそうな顔をして、腹の底ではそんなことを考えていたのか。

「あなたに動き回られると捜査に支障が出るという理由もあります。しかしそれ以上に、なぜあなたがそこまでしてこの事件に首を突っ込むのか、それを知りたいと思いましてね。あなただってお仕事があるでしょうに、こうしてホテルをとって夕張に無期限で滞在しているぐらいですしね。普通じゃないですよ」

奥津が彩を殺したことが立証できれば、奥津を殺した罪悪感の芽を摘むことができるからだ。

ただ、それだけなのだ。

「もし俺が彩を殺した犯人だったら、こんな街にはもう二度と足を踏み入れませんよ。違いますか？」

苦し紛れのその俺の答えは、意外にもある程度の説得力を持って彼らに届いたようだった。

「状況証拠だけで失礼なことを申しあげたとは思います。奥津さん殺害の根っこは、彩さんの死にあると我々は考えています。だから、徹底的に調べたいんです」

「彩の事件を調べ直してくれるのは嬉《うれ》しいです。でも知っていることはみんな話しましたよ」

「みんなじゃないでしょう？　何故、奥津さんのことをこうして探っているのか」

「分かりました。じゃあお話しします。ノンフィクションを書くためですよ」

「ノンフィクション？」

二人の刑事は同時にそんな声を発した。

「妹が死んで、恥ずかしながらまったく小説が書けません。だからリハビリのために、実録ものを書いてみようと思ったんです。当然ですが、話を考える必要がありませんからね。とにかくペンを持って何か書かなければ、作家の文章というものは錆《さ》びついてしまうんです」

よくもまあ、こんな口から出任せを吐けるものだと、自分でも感心した。

「その原稿は今、書いているんですか？」

「いや、まだです。今は下調べの段階です」

「じゃあ、ちょっと取材のメモを見せてくれませんか？」

「メモは取っていないんですよ」

「メモも取らずに取材をしているんですか⁉」

「まだメモが必要なほど取材していないんですよ。あなたたちも知ってるでしょう。今はMの常連客からの連絡待ちだってこと。だからホテルに待機しているんです」

「Mの客の話によると、妹さんはかなり性に奔放な女性だったようですが、それも書くんですか？」

俺は開き直って、言った。

「たった一人の家族を亡くしたんですよ？　その家族を奥津が殺したという噂を聞いたら、どんなことをしても証拠をつかみたいと思うのが普通でしょう。Mでバーテンダーや彩の顔なじみの客の話を聞いて、これを実録物にしたら本が出せるかもしれない、と思っただけです」

彩は、誰かに屋上から落とされて殺された。そしてその犯人は、残念ながら奥津ではない。もちろん俺でもない。ではいったい誰が彩を殺したのだ？

もし、奥津が彩の死に何の関係もなかったとしたら。

誰でもいい。俺は祈った。どうかその真犯人と奥津は共犯関係でありますように。奥津が彩に俺との関係で暴言を吐いたのも、彩がMで男漁《あさ》りをしていたことに気付いていたからかもしれない。もしそうだとしたら、奥津にも十分同情の余地はある。

俺でも、そんな女との結婚は躊躇《ためら》うかもしれないから。

今回の事件のノンフィクションを書くと言った手前、俺は刑事が帰った後、すぐに東京の出版社に電話をし、担当編集者にその件を切り出した。刑事が話を聞きに行くかも知れず、今のうちに根回しをしておいた方がいいと思ったのだ。

だが、けんもほろろだった。

『妹さんがお亡くなりになったのは大変お気の毒です。ただ大事件ならともかく、なにかニュース性がなければ、本にするのは難しいと思います』

「いや、それは花田欽也という作家の妹が犠牲になった事件だから――」

『ジュブナイルの読者は著者よりもシリーズで本を買いますからね。作者自身の話には、あまり関心を抱かないと思います』

「俺自身には価値がないと？」

『いえ、そうじゃありません。もし新作が書けないのなら、どうですか？　別の作家を立ててみれば。別にゴーストライターを使うという話じゃないですよ。他の作家との共作というやつです。もちろん印税率はご相談させていただきますが、悪い話ではないと思いますよ。あなたは何もせずとも、二次使用料だけ入ってくるんですからね』

ノンフィクション云々《うんぬん》の話をしたのは、刑事たちにああ言ってしまった手前、辻褄《つじつま》合わせにしか過ぎなかった。企画がボツになってしまったら、これ以上取材を続ける必然性がなくなってしまう。

網走に帰ろうか、と俺は思った。彩を殺した真犯人が見つからなければ、奥津を殺した罪悪感から逃げる必要もなくなるのだ。

俺が奥津を殺した時のように、奥津も何らかのトリックを使って、彩を殺したのだ、と思い続けることができるから。

桃子から電話がかかってきたのは、網走に帰る準備を始めた、丁度そんな頃だった。

「悪いけど、もういいんだ。妹のことは」

もう諦《あきら》めかけていたせいか、自然と口調が乱暴なものになっていた。

『え？　何？　わざわざ電話してあげたのに』

「君より先に警察が来た。あんまり事件に首を突っ込むなって釘《くぎ》を刺されたよ。終《しま》いには俺が妹を殺した犯人と言われた」

『そうなの？』

「違う！」

『でも警察が被害者の遺族にそんなことを言うなんて、よほどのことだと思う』

「彩のことにかんしてはそれなりに疑っているんだろうけど、それよりも揺さぶりをかけて、奥津の殺人事件にかんしてボロを出させようとしているんだと思う。あの二人はそっちが担当だから」

『あなたが奥津さんを殺したの？』

「それも違う」

もちろん先ほどのようには強く否定できない。

「なあ、会えないか？　長話したら、電話代がかかるだろう」

『そこホテルでしょう？』

「ああ」

『口説いてるの？』

「ああ」

一時間後、俺は桃子とホテルのバーで会っていた。桃子は今日もケミカルウォッシュのデニムかと思ったが、違った。だが下はやはりジーパンだった。動きやすい服装が好みなのだという。

話を聞いてみると、桃子は彩よりも年下だった。大した娯楽のない夕張では、ああいう店に若者が異性を求めて集まるんだろうな、と俺はぼんやりと思った。

「猪澤は、奥津が彩を殺したと言っていたんだろう？　でも、奥津を恐喝するならそんなこと他人に言わないような気がするんだ」

俺は刑事に言われたことを、そのまま桃子に話した。彼女もその考えは盲点だったようだった。

「つまり、実は奥津って人は彩さんを殺してないってこと？」

「そこまでは分からないけど、少なくとも猪澤はそういうつもりで言ってたんじゃないかもしれない」

「冗談半分とか？　でも、そんな感じじゃなかったけどな。そもそも冗談で言うことじゃないでしょう？」

「じゃあ、どんな感じで言ったんだ？」

「どんな感じって言われても――」

桃子は暫《しばら》く考え込み、

「そう言えば」

と呟《つぶや》いた。

「何か心当たりが？」

「あのね、含みを持たせた、って表現分かる？」

「俺は作家だぞ」

「今から考えると、そんなふうだった。猪澤さん、はっきりと、彩さんは奥津が殺したんだ、って言ったの。当然、私びっくりして、どういうこと？　って聞き返すでしょう？　そしたら猪澤さん、にやっと笑ったの。そして――」

「そして？」

「こう言ったわ。まあそれは追々な、って。それで話は終わったわ。私、何だか気味が悪くて、それ以上は訊《き》かなかったけど」

「追々――？」

俺はつぶやいた。何故そんな言い方をしたのだろう。殺害の詳細は後で話すという意味なのだろうか。にやっと笑った、というのも気になる。確かに猪澤は何かを隠していそうだ。

「奥津は彩を殺していないのかもしれない。だから猪澤は、あえて殺したって表現を使ったのかもしれない」

「どういうこと？」

「本当は猪澤は、奥津が彩を殺したようなもんだ、と言いたかったのかもしれない。だけど意味深な言い方をして君の気を引くためか、奥津が彩を殺したって言い切った。暗喩《あんゆ》、メタファーってやつだな」

桃子はメタファーの意味を知らなかったので、簡単に説明してやった。

「なるほど。作家ならではの推理ね」

感心されたが、話は振り出しに戻ったようなものだ。

「奥津さんが彩さんを殺したようなものって言うのは、奥津さんのせいで彩さんは自殺してしまった、っていう意味なのかな」

彩が本当に自殺なのか、それともやはり殺されたのかは一先《ひとま》ず置こう。どちらにしても、そこには何らかの秘密があるのではないか。奥津が少なからずかかわっている秘密が。だから猪澤は、奥津が彩を殺したと表現し、奥津を恐喝しようとした。一体何だ？　彩が死ぬことになった、本当の原因とは？

「格好いいわね」

と桃子が言った。

「あなたのそのポーズよ。本当に文豪って感じ」

考えにふけっているうちに、いつの間にか頰杖《ほおづえ》をついていたようだ。

「よしてくれよ。文豪はあんなジュブナイル書かないよ」

「私、あなたの小説好きよ」

「まさか、読んだのか？」

「読んだわよ。だって知り合いのお兄さんが小説を書いているのよ？　どんな本なのかなって興味わくじゃない」

「くだらない小説さ」

「そんなことないわ。確かにああいう小説って下に見られがちだけど、ハードカバーじゃなかったり、表紙がイラストだったりするから、皆偏見を抱いているだけよ。ちゃんと読めば素晴らしさが分かるのに」

そして彼女は、俺の小説のどこが面白かったのかを、とうとうと語った。安易にサインをくれ、などと言い出さないところも気に入った。俺は網走に帰る予定を一日延ばした。

その夜、桃子は俺の部屋に泊まった。

ifB　犯行直後に目撃者を殺さなかった場合3

桑原が東京に帰った後、暫くは何事もなく日々は過ぎていった。

あれから桑原の名前をインターネットで検索した。名前が個性的だから、もしかしたら彼の過去の仕事がネットでまとめられているかもしれない、と思った。

桑原銀次郎の名前はヒットした。だが、雑誌のライターはあまり表に出る仕事ではないからか、彼の仕事の一覧などが見られる訳ではなかった。ヒットしたのは彼を事件の被害者として報じる記事だった。取材の最中に殺人事件の犯人に刺されたのだということ。

ちょっと面倒だな、と思った。そんな経験をしてもなお、仕事を続けているような男だ。粘着質でしつこいタイプかもしれない。

だが実際の桑原の取材は、奥津がどんな人物だったのか、久しぶりに再会したときの詳細など、あくまでも予想の範囲内だった。もし俺が奥津を殺したと少しでも疑っていたら、もう少し突っ込んだ質問をしてきたに違いない。

だから取材にかんしてはそれほど心配していなかったが、しかし奥津が猪澤の息子、つまりあの恐喝者の失踪《しっそう》にかかわっているかもしれない、という点は気になった。取材を受けている間、何回か、それとなく桑原に問い質《ただ》したが、記事が仕上がったらゲラをメールでお送りします、の一点張りだった。

奥津も猪澤に恐喝されていたのだろう。だが、そのネタが分からない。

猪澤の父親、光蔵の言葉を思い出す。

『お前も奥津の仲間か！　あんな奴らに巻き込まれて俺の息子は！』

それはどういう意味なのだろうか。「奴ら」とは奥津と、その他に誰のことなのか。

俺が奥津の仲間と勘違いされるのは、まあいいだろう。問題はその後だ。

猪澤は奥津に巻き込まれて、何か酷《ひど》い目にあったらしい。それをネタに猪澤は奥津を恐喝し、その息子の行動を父親の光蔵が嘆いているという理解で正しいだろうか。

奥津が猪澤に酷いことをして、光蔵が憤っている、という構図か。いったい、何があったのか――。

やはり、光蔵と一度会って話を聞いておく必要がある。何があったのかを把握しなければ、今後の計画を練ることもできない。

取りあえず、また光蔵に電話をかけてみることにした。再び怒鳴られるかもしれないが、自宅にいることが分かれば、直接押し掛けたっていいのだ。

だった。
『あんたか』
電話に出た光蔵の声は、意外にも落ちついていた。今回は少し話す余裕がありそう
『銀ちゃんから話は聞いた』
一瞬、誰のことか分からなかったが、桑原のことだと気付く。下の名前は銀次郎だ
った。息子と同年代だからフレンドリーな呼び方をしているのかもしれない。
『悪いが話すつもりはないんでね』
「どうしてですか？　確かに私は奥津の身内になるはずだった男ですが、彼の味方と
か協力者という訳ではないんです。何故、私が猪澤さんに、そんなに嫌われているの
か理解できません」
『別に嫌っている訳じゃ——』
光蔵は、ほんの少し言葉を濁した。
『この間はいきなり怒鳴りつけて悪かったと思ってる。奥津の両親に嫌がらせを受け
ているんでね。てっきりあいつの部下か何かだと思ったんだ』
奥津の両親に嫌がらせ？　一体どういうことだろう。
『あいつら、俺が奥津を殺したと思っているらしい。冗談じゃない。あいつは息子を
探す手がかりだ。殺したら元も子もないじゃないか』

「失礼ですが、どうしてそんなことになったんですか」

『どうしてあんたはそれを知りたがる？』

「息子さんと奥津の間にあるトラブルも、もしかしたら私とは関係ない、とは言い切れないかもしれません」

『銀ちゃんから訊《き》いたが、あんた小説の仕事に関わってるんだって？』

「はい」

『つまりマスコミ関係者みたいなもんだ。銀ちゃんの同業者ってことだろう？』

「いや、それは」

正直、自分のことをマスコミ関係者と思ったことはなかったから、返事がしどろもどろになってしまった。

確かに、今回の事件を取材して花田欽也がノンフィクションを発表すれば、大きな話題になるだろう。しかし、どの出版社も難色を示すに違いない。相談したところで、ライトノベルの読者はシリーズで本を買う傾向にあるから、作者自身のスキャンダルには興味を示さない、などと言われるに決まっている。

「私の仕事と、今回の件は一切関係ありません」

『でも、あんたが仕事にする気がなくても、どこから話が漏れるか分からんのだよ』

俺は言うべき言葉を失ってしまった。どんなに、あなたの息子と会った、と言いたかったか。しかし喉元《のどもと》にまで出かかったその言葉を、俺は結局飲み込んでしまった。

まだ、崖《がけ》っぷちに留《とど》まっていたい。俺はそう思った。

『それに、あんたは嘘をついているしな』

その時、光蔵が唐突に、言った。

「嘘?」

『ああ。札幌のあのカフェで、奥津と息子が会っていたと銀ちゃんに言ったそうじゃないか』

「別に、私は、嘘をついた覚えは――」

『猪澤という客が、奥津に向かって、人殺し! と罵倒《ばとう》したそうだな』

「はい――」

まさか、と思った。

『それは俺だよ。その後、奥津が本当に殺されたから警察の事情聴取も受けた。息子を見つけ出せない無能な警察どもに』

彼は吐き出すように言った。

俺は、電話で話したカフェの店員とのやり取りを思い出していた。あの店員は俺に、奥津さんはご友人を連れてこられた、と言っていた。深い意味はなかったのだろうが、そんな表現をされたら、誰だって奥津と同年代の人間だと思うに決まっている。事前に猪澤からの恐喝を受けていたから尚更《なおさら》だ。

「それは本当ですか？」

『疑うなら、その店でも警察でもどこにでも直接話を聞けばいい。俺と同じカフェに息子も行っていたのか、と銀ちゃんも新情報をつかんで興奮していたが、後にあんたの勘違いだと分かって落胆していたよ』

よくよく考えれば、猪澤は飄々《ひょうひょう》として抜け目がないタイプで、人を怒鳴るタイプには見えなかった。一方、光蔵の方は電話をかけてきた人間を問答無用で怒鳴る乱暴な人間だ。そういう振る舞いをしそうなのは、明らかに父親の方ではないか。

その時、俺はもしかしたら大きな勘違いをしていたのかもしれない、と思い始めた。

「息子さんとはずっと会っていないんですね？」

『ああ』

「何年ぐらい？」

『もうかれこれ三十年にはなる』

俺は聞こえないように、小さくため息をついた。桑原が詳細を話してくれなかったせいもあるが、俺は失踪と聞いて、てっきり最近のことだと思っていたのだ。

そう言えば、前回電話をしたときは怒鳴られた印象ばかり残ったが、こうして父親とじっくり話して見ると、年配というよりも、老人のような声に聞こえる。仮に彼が七十代だとしたら、失踪した息子は現在、四十代から五十代ということになりはしないか。

「失踪時の息子さんの年齢は？」

『忘れもしない。二十六だ』

つまり息子は、失踪から三十年経ったと考えると、現在、五十六という計算になる。あの恐喝者がそんな歳とは思えなかった。

「三十年間、ずっと息子さんを捜されているんですか？」

『そうだ。もちろん諦《あきら》めてはいるが、ひょっこり戻ってこないとも限らないだろう？』

「息子さんがいなくなった経緯を教えてもらえませんか？」

『息子は奥津の父親と一人の女を取り合っていたんだ。それで姿を消した』

確かに五十六歳だとしたら、奥津の父親と同年代だ。奥津家と因縁があるというのは、そういうことなのか。

「女と駆け落ちしたんですか？」

『いや、そうだったら俺も諦めてるよ。その女が死んだ後、息子も急に姿を消したんだ。何かトラブルに巻き込まれたに違いない』

「その女性は、どうして死んだんですか？」

『結局、奥津の父親は別の女とくっついたんだけど、その別の女に殺されちまったそうだよ』

俺は黙った。

『奥津も、女も、もう死んでる。手がかりは奥津の息子しかない。そんななか、奥津の息子も殺された。俺も警察に疑われたけど、構わない。日本中のどこかにいる息子が、その事件を知って姿を現してくれるなら』

光蔵は、息子が奥津の父親のせいで失踪《しっそう》したと思っていた。だが奥津の父親ももうこの世の人ではなく、仕方がないから手がかりを求めて奥津の息子の方に会ったのか。

「こんな言い方は失礼ですが——息子さんが、奥津を殺害したとは考えられないでしょうか？」

また怒鳴られるかと思ったが、そんなこともなかった。

『それでもいいさ。息子が生きていることが分かれば。酷《ひど》い親と思うかい。仕方がないだろ。他人の息子よりも、自分の息子だ。何しろ三十年も捜してるんだから』

開き直ったように光蔵は言った。

またお電話することがあるかもしれません、と言って俺は光蔵との通話を終えた。

だが彼と話すことはもう二度とないかもしれない。

何故なら、今電話で話した光蔵と、あの恐喝者とは何の関係もないことがはっきりしたからだ。
『あんたは猪澤か？』
『どこで僕の名前を？』

何のことはなかった。あいつは、俺に話を合わせただけだった。そもそも、あいつは恐喝者なのだ。俺が知っているあいつの情報は、プリペイドの携帯番号だけ。万が一警察が介入してきた場合、できるだけ足がつかないように自分の情報を出さないようにしていたのだろう。

俺は、あいつを猪澤だと誤解した。まんまと一杯食わされたという気分だが、あいつは、勝手に間違える方がいけないのだ、と嘲笑《あざわら》うに違いない。

俺は怒りに任せて、再び恐喝者の携帯に電話をした。

奴はすぐに出た。

「この携帯、まだ使ってるのか？」
『まあ、あなたのパートナーになれる目処《めど》が立つまではね』
「あんたらしくないな。携帯は小まめに変えないと、どこから足がつくか分からないぞ」

『ご忠告ありがとうございます。嬉《うれ》しいですね。そこまで僕を評価してくれるなんて』

「ふざけるな！」

俺は怒鳴った。もちろん、光蔵の怒鳴り声には遠く及ばない。

『何がですか？』

「お前は猪澤じゃない」

怒りを押し殺して、言った。

『はい？』

「札幌で奥津と会ったのはお前じゃないだろ！」

俺は、光蔵に電話して、詳しい話を訊《き》いたことを、恐喝者に話した。彼は黙って俺の話を聞いた後、おもむろに口を開いた。

『確かにその札幌の店で奥津に会ったことはなかったかもしれません。でもそれは単に店を勘違いしていただけです。奥津とは別の店で何度も会いました』

まだそんなことを言っているのか、と俺は少々呆《あき》れていた。

「いいか？　光蔵の息子は、今、五十前後だぞ。お前はどう見ても俺と同年代じゃないか。年齢が合わない」

『僕は猪澤です』

「まだ言うか⁉　だから年齢が――」

すると恐喝者は少し声を荒らげて、言った。

『僕は光蔵の息子の息子です』

「は？」

『僕はあなたが今日電話で話した猪澤光蔵の、孫です』

俺は言葉を失った。

『祖父と同じ理由で、僕も奥津と会っていたんです。父のことを知りたかったから。だからあの夜も、奥津の家に向かっていたんです。その時、あなたと出くわした。奥津を殺した帰りのあなたにね』

俺は暫《しばら》く言葉が出なかった。そんなことがあるのだろうか。

『白状しますよ。あなたは僕があなたをゆするために現れたと思っているようですけど、違います。金は別にどうでもいい。やはり前に言った憂さ晴らしというのが一番近いように思います。奥津と会って、ようやく父の秘密が分かりそうになったのに、あなたはその機会を潰《つぶ》した。何故です？　口封じですか？』

「お前の目的が果たせなかったのは気の毒だと思う。だからって俺のせいにされちゃ困る」

だが、光蔵の孫の猪澤は俺の反論などまるで聞いていないように言った。

『あの夜、あなたは確かに、夕張の町を車で走っていたんだ』

「でも、そんなに頻繁に奥津と会っていたなら、何故お前の祖父はお前のことを知らないんだ？　あの爺《じい》さんも奥津と会っていたんだぞ」

『奥津は、僕が彼の孫だと知らなかったんです。だから祖父にも伝えなかった』

「でも、名前が一緒なら何かあると勘付くんじゃないか。猪澤という名字は別に珍しくないが、そう多くもない」

『奥津さんと会う時、僕は偽名を使っていましたから』

「偽名？」

『はい。鈴木太郎《たろう》って言う』

そんないかにも偽名然としたような名前で、奥津は不審に思わなかったのだろうか。

「どうしてわざわざ偽名を？」

『あなたに最初っから猪澤って名前を教えなかったのと、同じ理由ですよ。素直に本当のことを伝えると、殺されるかもしれないから』

「何を馬鹿な――」

『もちろん、ずっとそんな偽名を通せるとは思っていませんでした。でも父の手がかりが少しでも分かれば、その時、自分の身分を明かそうと思っていたんです』

訊きたいことは山のようにある。だがこれ以上首を突っ込む必要はないのだ。桑原や光蔵は、奥津は猪澤家との確執の果てに殺されたと思っているだろう。ならそう思わせておけばいい。

問題は、この光蔵の孫だ。

彼の殺害をいったん諦《あきら》めたのは、二人っきりになるチャンスがないからだ。光蔵の孫にとって俺は人殺しだ。口封じのために自分が殺される可能性は、当然想定しているはず。何とか二人っきりになる機会を作れないものか。

「お前の言う通り、俺が奥津を殺したとしよう。金じゃなかったら、何が望みだ？」

『奥津を殺したのがあなただとわかれば、マスコミが騒いで、僕の知らない事実が明るみに出るかもしれない。だからまず、犯人のあなたに直接接触しようと思っただけです』

「奥津が殺されたせいで、彼が隠していた真実を知ることができなくなったことに憤っているんだろう？」

『そうです』

「俺は奥津を殺していない。でもその真実に心当たりはある」

『本当ですか？』

「ああ、電話じゃ話せない」

『また僕が網走に向かいましょうか？　場所は、あのフードコートでいいですよ』

やはり警戒しているのか、決して二人っきりにはならないと言いたいのだ。奥津を殺害した時のようには簡単にはいかなそうだ。

「俺の方から、そっちに行こうか？」

『わざわざ夕張に？　それはありがたいですね』

「お前のお爺さんも、奥津と大事な話をしていたようだ。一緒に話を交えた方が理解が深まる。それに、あの人も孫の顔を見たいだろう」

『それは遠慮しますよ』

一瞬、こちらの意図に気付かれたのか、と思った。

『父のことについていろいろ訊かれて、話がややこしくなる』

「別にいいじゃないか。お前一人よりも、お爺さんと情報を共有した方が何かと有効だろう」

『結構です。祖父と会わせて、何かを企《たくら》んでいるんでしょう？』

俺は暫く黙った。

『もしもし？』

「お前、誰だ？」

『はい？』

「もしお前があの猪澤光蔵の孫だったら、ためらわずに祖父に会うはずだ。会わないのは、それはお前が孫じゃないからだろ？」

彼は笑った。

『人殺しのあなたなんかに、本当のことを言うと思いますか？』

「じゃあ俺もお前なんかに何も言わない」

『いいんですか？　警察に行きますよ』

「行きたければ行け！」


それからの日々、俺は自宅にあの二人の刑事がやって来るのを待ち続けた。必ず奴は警察に通報するはずだと思った。

もちろん、取り調べを受けることになっても、犯行当日に夕張になど行っていないとシラを切り通すつもりだ。スピードを出したつもりはなかったから、速度違反を取り締まるオービスには撮られなかったはずだ。Nシステムの問題はすでにクリアしている。だからこそ、死体を網走から夕張まで運ぶという、ある意味乱暴な手段にも打って出たのだ。

だが一週間後、網走の俺の部屋に現れたのは警察ではなく、あの恐喝者本人だった。

「何しに来たんだ？」

思わず俺は訊《き》いた。

彼は笑った。

「忘れたんですか？　奥津が隠していた真実に心当たりがあるって言っていたじゃないですか」

そんなもの、口から出任せだったから、とうに忘れていた。

直接会うのはこれで二度目だが、飄々《ひょうひょう》とした憎らしい態度は変わっていなかった。ただ、前回よりも得体の知れなさを感じたのは、突然現れたことはもちろん、全体的にどことなく痩《や》せていることも、決して無関係ではないだろう。まるで病み上がりのようだ。

俺は思わず彼の背後を窺《うかが》った。少なくとも、目に見える範囲では、刑事が張り込んでいる様子はなかった。

俺が靴を履いて外に出ようとすると、彼がそれを押し止《とど》めた。

「どこに行くんですか？」

「どこ？　お前と初めて会った時に話したフードコートに決まってるだろ」

恐喝者は決して俺と二人っきりにはならないのだから。

だが彼は、あまりにも意外なことを言った。

「あそこまで行く必要ないですよ。そこで話をしましょう」

彼は、俺の部屋を顎《あご》でしゃくった。

「え？」

俺は思わずつぶやき、彼の言葉にすぐに反応できなかった。

「どうしたんですか？　見られて困るものでもあるんですか？　あなた言ったじゃないですか。コーヒーを淹《い》れてくれるって」

確かに最初に会った時、そんなことを言ったような記憶があった。

俺は恐喝者を見つめたまま、履いた靴をもう一度脱いだ。そして彼を無言で部屋の中に招き入れた。すぐにドアを閉める。

「警察に行ったんじゃないのか？」

「行こうと思いましたよ。でも、あなたよりも僕の方が奥津を殺す動機があるんだ。あなたを目撃したと言ったところで見間違いと思われるかもしれないし、そもそも何故そんなところにいたのか追及されるかもしれない。僕だって犯人の濡《ぬ》れ衣《ぎぬ》を着せられるのは嫌ですからね」

「それが分かったんなら、金輪際姿を現さないで欲しいな。お前を家に上げたことが知れたら、関係をあれこれ追及されるかもしれない」

「僕との関係が分かったら問題なんですか？　やはりあなたが奥津を殺したから？」

「勝手に言ってろ」

俺は、突然の訪問客のためにコーヒーを淹れた。約束通りインスタントだ。テーブルにコーヒーを注いだカップを置いても、彼はすぐに手を付けなかった。

「毒が入ってるとでも？」

そう言って俺は笑って、自分のコーヒーカップに口をつけた。それをまじまじと見つめてから、ようやく彼もコーヒーを飲んだ。

「俺のカップに毒が入っていないからといって、自分のカップにも入っていないことにはならないぞ」

俺は言った。カップを持つ恐喝者の動きが、一瞬、止まった。

「俺は奥津のことなんか、何も知らない。お前がしつこく付きまとうから、ついつい思わせぶりなことを言ったかもしれないが、それだけだ。奥津が死んで、彼が持っていた情報を得られない腹いせかもしれないが、だからといって俺がその情報を持っていると考えるのは勘違いだ」

話が違う、と言い出すと思ったが、意外にも彼は平静さを失っていなかった。

「いいんですよ。もう、それは」

「じゃあ、何で今日はわざわざここに来た？」

「清算をしに来ました」

「清算？」

今日を最後に俺を脅迫しないというのか。俺は警察がこの部屋を張っているのかもしれない、という疑いを強くした。

「俺を人殺しだと思っているんだろう？　だから今まで二人っきりで会わなかった」

「そうです」

「なのに今日は、こうして部屋の中で会っている。警察がいるのか？」

盗聴されているかもしれないが、疑問は素直に口に出した方が自然だと思った。

「警察？」

恐喝者は、俺がそんなことを言い出すとは予想もしていなかったように、きょとんとした表情をした。

「そうだ。たとえばお前の服に盗聴器が仕込まれてるとか」

彼は笑った。俺を嘲《あざけ》るような笑いだった。

「何がおかしい？」

「小説の仕事に携わっているのに、意外と発想が貧困だなあ、と思って。どうせなら、もっと面白いことを考えてくださいよ」

「面白い？　遊びで来たのか？」

「遊び？　まあ、そうとられても構いませんよ。ただし、お互いの人生をかけたゲームです」

人生をかけたゲーム。命をかけた遊び。決闘、という古くさい言葉が脳裏にちらついた。

「警察はいないのか？」

「いません。僕は今日、たった一人でここに来ました」

もちろん、それを素直に信じるほど、俺は愚かではなかった。

口封じのために殺されることを恐れている彼が、何の準備もなしに俺の部屋に足を踏み入れるとは到底思えなかったのだ。

殺すなら今だ、と心の中の声がした。だが、相手も俺が命を狙っていることは十分承知しているはずだ。単純に殺されるために来たとは思えない。迂闊《うかつ》には手を出せない。何か罠《わな》があるはずだ。

「お前は自分が特別な人間だと思っているんだろう。でも違う。こういう仕事をしているといろんな奴につきまとわれる。小説のキャラや、作者の花田欽也自身に自分を同一視している熱狂的なファンって奴だ。お前もそういう奴らと一緒だ。何だかんだ理由をつけて、花田欽也に近づこうとしているんだ。そうだろう？」

「花田欽也には興味がありません。僕が興味があるのは加納さん、あなたです。僕はあなたを殺したい。だから今日、ここに来たんだ」

「決闘しようって言うのか？」

「いいですね。でも僕に勝ち目はない。あなたは既に人をひとり殺した。つまり経験者だ。僕にはそんな経験はない。あなたの方が有利だ」

恐喝者を見つめる。体格は俺の方がいい。だがそんな見た目の印象は何の判断材料にもならない。

やがて彼はおもむろに言った。

「あなたを殺したい。でも、それはあなたが憎いからじゃない。あなたが好きだからだ」

意味が分からなかった。冗談か何かを言っているのだと思った。

「奥津は僕を受け入れてはくれなかった。だから殺してやろうと思った」

俺は彼を見つめ続けた。その俺に向ける彼の視線に、俺は今まで想像もしなかった意味を見出《みいだ》した。

それはまるで、恋した女に向けるような視線だった。思えば、出会ってから、この男はずっとこんな目で俺を見ていたのだった。

「同性愛者なのか？」

と俺は訊《き》いた。

「――奥津と同じ声だ」

と彼は答えた。どこか憂いを帯びた声で。こいつは俺と話しながら、ずっとそんなことを考えていたのか。

「誤魔化さないで答えてくれ。どうなんだ？」

恐喝者は、観念したように頷《うなず》いた。

俺は彼の意図にようやく気付いた。彼は俺を脅迫したが、そんなものはどうでも良かったのだ。本当の目的は俺に付きまとうことだったのだ。

もっと露骨な言い方をすれば、奥津を殺した俺に恋をしたのだ。俺ならば奥津の身代わりになると思ったのだ。

「奥津と付き合っていたのか？」

「そうです」

「奥津を殺したいと言ったのは、別れ話のもつれだな？」

「そんなところです」

気がつくと、恐喝者は、手にナイフを持っていた。それはまるで突然、彼の手に出現したように見えた。

「俺は奥津じゃない」

震える声でそう言った。

「俺を殺しても、奥津を殺したことにはならない」

「そうでしょうね。でも、あなたは奥津にとても似ている」

彼がそう思う理由を、俺は痛いほど理解した。でも、だからといって殺される筋合いはない。

俺が奥津を殺したから、俺が奥津の代わりに殺されなければならないのだろうか。

彼は、俺にナイフを向けたまま、シクシクと泣き出した。

「僕は奥津が好きだった。でも、あいつは僕を拒絶して――」

あの夜、奥津を殺そうと彼の家に向かって歩いていたことも、俺に付きまとったことも、すべては失った恋を取り戻そうとしてなのか。

「だから、俺を殺すのか？」

どうすれば、助かるのか？

罪を正直に認めることだと思った。

「奥津は俺が」

俺が言いかけた次の瞬間。

恐喝者がナイフを振り降ろした。

自分の喉元に向かって。

虹《にじ》のように円を描いて、彼の喉から赤い血が噴出した。

俺の顔に、胸元に、赤い滴が点々と飛び散った。

彼はそのまま崩れ落ち、ピクピクと身体を痙攣《けいれん》させながら、やがて死んだ。

その顔は、とても満足げだった。

その瞬間、俺はやっと気付いたのだ。あの夜、この男は奥津を殺すためにあの道を歩いていたのではなく、奥津の前で自ら死ぬためだったのだと。

俺は何も出来ず、彼の死体を見つめていた。ただ時間だけが流れていた。

警察に通報することはもちろんできない。この男との関係を訊かれるだろう。あの夜、奥津の家の前で轢《ひ》きかけたことが明るみに出てしまう。俺の罪も明るみに出るということだ。

自殺と言うのも彼らは疑うかもしれない。きっと、俺が殺したに違いないと言い出すだろう。目の前で死んでいる男は、殺人の目撃者なのだ。俺の殺害の動機には申し分ない。

何とか、彼を殺したという罪を免れたところで、奥津を殺した罪が暴かれるのは時間の問題だろう。

俺は笑った。笑うしかなかった。

「上手《うま》いことやったな」

俺は恐喝者に言った。もちろん返事はなかった。

これはゲームだ。

命を賭《か》けたゲーム。

勝算は、きっと、どこかに。

勝算が――。

要はこの死体が発見されなければいいのだ。恐喝者が、この地上から消えてなくなれば、俺は枕を高くして寝られる。

俺はトイレに立った。

真っ白な便器を見つめた。

用を足さずにレバーを押した。

真っ白な便器の中を、渦のように水が流れて、吸い込まれてゆく。

「お前が悪いんだ」

そうつぶやいた。

「そんなに俺が犯人だと言い張るなら、さっさと警察に行きゃあ良かったんだ。俺を奥津と思っているのなら、さっさと俺を破滅させりゃあ良かったんだ」

小説の仕事をしていると、独り言を呟《つぶや》くキャラクターは不自然だとよく言われる。現実にそんな奴はいないと。だが、その手の批評をする連中は、人を殺したことのない奴らだろう。

命を奪うと、奪った後も、そこにまだ相手がいるような気がするものだ。

俺は奥津の死体を網走から三百キロ先の夕張まで運んだ、あのドライブを思い出した。寒く、冷たい、まるで地の果てに向かうかのような旅を。

「仕方がないさ」

トイレから出て、俺は倒れている男に言った。

「俺にかまって欲しかったんだろう？　俺とずっとゲームをしたかったんだろう？」

俺はキッチンに向かい、そこにある刃物をすべて取り出し、床に並べた。

どこか人里離れた場所に死体を運び、燃やしてしまうことも考えた。だが、いくら肉と内臓を奇麗に取り除いたからといって、少しは匂いが出てしまう。煙だって上がるし、万が一誰かに見咎《とが》められたらお終《しま》いだ。

俺は死体を風呂場《ふろば》に運んだ。彩がまだこの家にいたら、そんな家が汚れるようなことをしないで！　と怒るだろう。

でも、もう彩はいない。

「俺の勝ちだ」

そう言って、俺は首を切断するために、恐喝者ののど笛に包丁を突き立てた。

ifA　犯行直後に目撃者を殺した場合4

　俺はいったん網走に帰ったが、それからも桃子は、頻繁に俺に連絡をくれるようになった。出版社にノンフィクションの執筆を断られた以上、夕張に残って取材をする必然性はなくなった。これ以上動き回ってあの刑事たちに睨《にら》まれたくはない。

　彩の死の謎を解きたいという気持ちは当然あったが、同時に、男として桃子からの電話を待ちわびている自分にも、俺は気付いていた。Mのような店に出入りしている女だ。きっと——彩と同じで——性には奔放な女なのだろう。だからこそ、二度会っただけの俺に簡単に抱かれたのだ。

　だが、彼女とのあの一夜は、ささくれだっていた俺の気持ちを癒《いや》すのに十分だった。

『奥津さんのお父さんって、Y商事の取引先の重役さんなんですってね。私たちとは住む世界が違う人みたい』

「ああ。縁故採用ってやつだ。結婚相手もその取引先の専務の娘だっていう話だし、最初っから彩は遊ばれてたんだ」

『猪澤さんもそう思ったみたい。それで奥津さんを糾弾しようとした』

「猪澤は彩のことが本当に好きだったのかな？」

『多分、そうだと思う』

「でもだとしたら、チャンスだとは思わなかったのかな」

男としてはライバルがいなくなって喜ぶ事態ではないか。

『あの、これってあくまでも噂レベルだから本当かどうか分からないけど──』

桃子は口ごもり、言い辛《づら》そうだった。

「何だ」

『猪澤さん、できなかったらしいの』

「できなかった？　何が？」

『だから、セックスが』

俺は黙った。

『Mの他のお客さんに話していたそうよ。俺は子供の時、両親がしているところを見たんだって。それがトラウマになって女とできないって』

それを聞いて、つまり彩とは関係していないんだな、と俺は思った。肉体関係があるような付き合いではなかったのか。

「だから、好きな女を傷つけた男を恐喝するようになったのか。捨てられた女を自分のモノにできない。そのフラストレーションを恐喝や暴力で男にぶつけた」

『彩さんは、猪澤さんに奥津さんのことをあれこれ話した。奥津さんの家族のことも話したんじゃないかな。それで猪澤さんは奥津さんにつきまとうようになった』

「奥津の家族のことを知ったから、つきまといを始めた？　父親が企業の重役なら、金を持っていると思ったのかな。まあ今の話を聞く限り、恐喝は後出しの理由みたいだけど――。それはともかく、猪澤は、奥津が彩を殺した証拠を見つけたのかな」

『そうだと思う。もう少し調べてみるけど』

「悪いな。君にだって仕事があるだろうに」

『ううん。あなたに協力したいの。もっと早く彩さんに何かしてあげられていたら、あんなことにはならなかったかもしれないと思って。それが心残りで――』

彼女は彼女なりに、彩が死んだ責任を感じているようだった。

俺が彩と関係を持っていたという噂が本当だと知ったら、きっと桃子に軽蔑《けいべつ》されるだろう。あの刑事たちは噂を一笑に付すことなく、可能性の一つとして考えている様子だった。刑事たちが彼女に変なことを吹き込まなければいいのだが、と俺は思った。

電話を切った後、俺は近親姦《かん》を犯したもう一組の男女に思いを馳《は》せた。奥津行彦の本当の両親だ。タブーとされている近親姦だからこそ、俺は彩を心の底から愛し、燃え上がるほどお互いを求め合った。そんな禁じられた行為を行う男女が、そうそうい

ると は思えない。

彩が俺を誘わなかったら、俺は彩を抱かなかった。これは厳然たる事実だ。どんなに彩を愛していたとしても、自分から妹を犯そうとは思わない。

彩はMで賭《か》けをしていたという。兄を誘惑できるか否か。賭け自体は冗談と思われてうやむやになったが、少なくとも彩はそれを実行したのだ。

彩は、昔から兄の俺が好きだった。だがそれだけで、まさか本当に俺と結ばれようとは夢にも思っていなかっただろう。実の兄妹《きょうだい》は決して結ばれてはならない、という良識は当時の彩にもあったはずだ。

だがそんななか、彩は婚約者の奥津が近親姦で生まれた人間だと知ってしまった。奥津が自分から言ったとは思えない。奥津にとっては隠しておきたい事実の筈《はず》だし——だからこそ奥津を網走まで呼び寄せて殺害することもできた——そもそも自分から言ったなら、彩が結婚を渋っていることを俺に相談したりはしないはずだ。

とにかく、彩は奥津の出生の秘密を知った。本来ならあってはならない近親姦が現実に存在することに気付いた。だから彩は結婚を渋った。

彩は悩んだに違いない。だからMで、あんな賭けの話をした。そして俺に告白し、俺はそれを受けた。同時に、罪悪感に苛《さいな》まれたに違いない。自分はしてはならない行為をしてしまった。俺に抱かれたことで、歯止めが利かなくなってしまったのだ。沢山の男に抱かれれば、俺に抱かれた意味が薄くなると思った。それが、彩がMで様々な男に抱かれた理由だろう。

哀れな彩。俺はどんなに彩に誘惑されても、断固として拒絶するべきだった。それが彩を守る唯一の方法だった。しかし俺は、自分の欲望を抑え切れず、彩を地獄に叩《たた》き落としたのだ。

その地獄から逃れるために、彩が自殺したとしたら、殺したのは俺だ。

しかし、あの刑事の話は気になった。彩は背骨を骨折していたという。覚悟の自殺の落ち方としては不自然だと言うのだ。

彩は間違いなく奥津の出生の秘密を知っていたはずだ。初めて彩を抱いた日、彩は俺に奥津の両親について相談しかけたのだから。いつ、それを知った？

俺は再び興信所に向かった。牧村は俺を覚えていて、俺が姿を見せるとぎょっとしたような顔になった。

「警察が来ましたよ。調査対象の男性、殺されたようですね」

牧村は言った。彼は、あなたが殺したんじゃないでしょうね？　と今にも言わんばかりの勢いだった。

「妹を巡って、他の男と争っていたようです。きっとそいつに殺されたんでしょう。

犯人は今、逃亡しているようだし」

「今度は、その犯人を捜せと仰《おつしや》るんですか？」

落ちつけ、と牧村に思わず言いそうになった。俺は牧村に事情を話し、青森に住んでいるという奥津の母親、リンの住所を訊《き》いた。

「それを知って、どうするんですか？」

「妹の彩は既に奥津の出生の秘密を知っていたようなんです。奥津自身が妹に言うとは思えないし、誰かが妹に密告したのかもしれない。もしかしたら、妹が死んだのもそれが関係しているのかも。私は金を出して調査を依頼したんだ。知る権利はある」

「どうしてもと仰るならお教えしますけどね。正直、気が進みません。こんな言い方は失礼かもしれませんが、あなたは妹さんを亡くし、今度は調査対象が亡くなった。もしそれで奥津さんのお母さんまで亡くなったら、情報を漏らした私の責任問題になりかねません」

「母親を殺すとは言っていません。あなたが教えてくれないなら、他の興信所に頼むまでです。ただ、あなたが知っていることをまた一から調べ直すのも時間の無駄なので、こうして足を運んだんです」

牧村は暫《しばら》く無言で、自分のこめかみの辺りをボリボリと掻《か》いていた。相当困っている様子だった。

「他の興信所に頼んでも、多分、断られると思いますけどね」

「どうしてですか？」

「業界は横のつながりがあるものです。出版業界もそうでしょう。誰も好んで犯罪にかかわりあいになりたくはないでしょう」

「私が、犯罪者だと？」

「いえいえ！　そんなことは言っていません。ただ、二人の方が亡くなっている事件です。ミイラ取りがミイラになるではないですけど、ねえ？」

そう言って牧村はいやらしい笑みを浮かべた。悔しいが彼の言っていることは本当だろう。恐らく北海道中の興信所に門前払いを食らうに違いない。

「奥津の母親は、どんなでした？」

「どんなでした、とは？」

「性格ですよ。人当たりが良さそうだったのか、無愛想だったのか」

「温和な方でしたよ。ずっとお一人で暮らしていましたからね。経験から言うと、そういう人って、訪ねてきたお客には基本的には愛想がいいですよ。近親姦のことも、もちろん自分からは言い出しませんが、意外とすぐに聞き出すことができました」

俺は今回の事件において、俺以外に興信所を利用した人間を二人思い出した。一人は言うまでもなく奥津だ。そしてもう一人は。

興信所を後にし、俺は夕張に向かった。彩の同僚の春子に会うためだ。会社に電話をすると、彼女はあからさまに迷惑そうな声を発した。まだしつこくつきまとってくると刑事たちに訴えるかもしれないが、その方が好都合だ。彼らも彩が殺された可能性を真剣に考えるだろうから。

もうこれで最後です、と言うと彼女は渋々俺と会うことを了解した。

夕張には前日入りし、桃子のアパートの部屋に泊まった。まだMに通っているのか、と訊くと、もうほとんど行っていないと答えた。

「どうして？」

「どうしてかな。あなたと会ったからかもしれない」

と布団の中で彼女は言った。

翌日、春子とは、またY商事の近くの喫茶店で会うことになり、今度は桃子も連れていった。女性を連れて行った方が警戒心を持たれないと考えたのだ。それに彼女たちはお互い彩の友人だ。春子もより心を開いてくれるかもしれない。

案の定、春子は桃子を見て、少し驚いたような素振りを見せた。

「妹の友達の秋津桃子さんです。彩が出入りしていたMで知り合ったそうです。Y商事での彩の話と、Mでの彩の話を照らし合わせれば、何か新しい発見があるかもしれない」

「でも、まだ何を調べているんですか？」

「奥津さんが彩さんと交際するようになった経緯を知りたいんです」

桃子が言った。

「奥津さん、彩さんがあんなことになった後、すぐに他の女性と婚約したそうじゃないですか。あまりにも彩さんが可哀想で――」

さすがの春子も、少しこちらを同情したような顔になった。やはり桃子を連れてきて正解だった。

「お気持ちは分かります。でも奥津さんももう亡くなっているんです。責任を取らせることはできないと思いますけど」

「よく分かります。ただ、どうしても納得できないんです。彩が死んでから別の女性と婚約するまで、期間が異様に短いですよね。二股《ふたまた》をかけていたとしか考えられない。でも、そのことについて奥津さんの悪い噂はあまり聞いたことがありませんでした。女性にしてみれば二股をかける男なんて最低でしょう。もしかしたら、何か事情があるのかもしれないと思って」

「元々、奥津さんは、その女性と交際していたようなんです」

春子は言った。つまり彩が死んでよりが戻ったのか。確かにそうでも考えなければ、彩の死から婚約までの期間が短いことに説明がつかない。

取引先の専務の娘。奥津の父親もその会社の重役だった。許嫁《いいなずけ》、と言ったら大げさだが、親同士が最初っから進めていた結婚なら、そちらの方が本命だったのだろう。

「その時点で婚約していたようなんですけど、結局駄目になってしまって。だから奥津さんは彩さんと交際し始めたんです。二股っていうのは少し違うと思います」

「奥津さんは、その彼女とどうして破局したんですか？」

「向こうの親御さんが急に反対したみたいですよ。奥津さん、今のご両親の養子らしいんです。そのことが問題になったらしくって。酷《ひど》い話ですよね」

俺は思わず桃子と顔を見合わせた。養子だから反対したのではない。近親姦《かん》で生まれた男だからだ。最初に興信所に奥津を調べさせた時、奥津のもう一人の女、羽賀琴菜の両親も別の興信所で奥津のことを調べさせたと、牧村は言っていたではないか。

俺は彩が自殺した後に調べさせたと勘違いしたが、そうではなく彩と交際する前のことだったのか。そう言えば牧村も、羽賀さんのご両親が結婚に反対していた、と過去形で言っていたような気がする。

「奥津さん、結婚が駄目になって落ち込んでて。彩さんは元々奥津さんのことが気になっていたみたいなんです。それでいろいろ話を聞いているうちに、つき合うようになったって」

もしかしたら、羽賀家側が奥津の過去を調べさせたことで、奥津も初めて自分の出生の秘密を知ったのかもしれない。

「でも、彩が死んで、その前の婚約者である琴菜と、再び婚約したってことになりますよね？」

「元々、その婚約者の方が奥津さんに未練があったそうです。最初は親に反対されて泣く泣く諦《あきら》めたけど、彩さんが亡くなってよりを戻すチャンスだと思ったんじゃないかしら」

「その婚約者の方のお父さん、どの会社の専務をやられているか分かりますか？」

「そりゃ分かりますよ。取引先ですから」

「教えてください」

俺は身を乗り出して、言った。

「その会社の名前は？」

俺は暫く夕張に留《とど》まることにした。宿は以前宿泊したホテルを利用した。桃子は部屋に泊まればいいのにと言ってくれたが、彼女も仕事があるだろうからどうしても気を遣ってしまう。それに、また同じホテルにいた方が刑事も俺を見つけやすいはずだ。もちろん、自分から警察署に出向くのが一番手っ取り早い。ただ、積極的に行動を起こして何かあるのでは、と勘ぐられるのも嫌だった。あくまでも向こうの方が俺に会いに来た、という形にした方が自然だと思った。

あの二人の刑事が俺の元を訪れたのは、翌日のことだった。

「また、妹さんのお友達に会ったようですね」

場所は、この間、彼らを怒鳴りつけたホテル内の喫茶店だった。

「人の勝手でしょう」

俺は嘯《うそぶ》いた。

「あまり動かないで欲しいと言っておいたと思いますが」

「あなた方は奥津が殺された事件を調べているんでしょう。俺は妹の方を調べてますから」

西岡は心底困ったような顔をした。

俺は春子に教えられた、Y商事の取引先の企業の名前を出した。

「そこの専務の娘、羽賀琴菜が彩を殺した犯人です。屋上で誰かともみ合った結果落ちたのなら、背骨を骨折していても不思議じゃない。そもそも誰にも見咎《とが》められずにY商事の社内に入るのには、社員の手引きが必要だ。だからあなた方は以前、俺を疑ったんでしょう？　しかし真実は、彩の手引きで、羽賀琴菜は社内に入ったんだ」

「なぜ？」

証拠はなかった。すべて俺の推測だ。だが、奥津が彩がいる社内に、前の婚約者——よりを戻した恋人という表現の方が自然か——を連れて来るとは思えなかった。

「彩が呼んだんでしょう。奥津は社内で、彩と俺の関係をぶちまけたと言います。それでどちらがより傷を負ったのかは、俺には分かりません。ただ、社内の空気が最悪なものになったことは間違いないでしょう。それで彩は、奥津の現在の恋人を上司にでも紹介して、あの時はみっともなく喧嘩《けんか》をしてしまったけれど、もうわだかまりもないと説明するつもりだったんでしょう」

二人の刑事は、俺のその説明に、今一つ納得していないようだった。

「いちいち、そんなことしますかね？　他人の喧嘩に、皆、それほど関心はないでしょう。下手したら、また喧嘩になりかねない」

「あくまでも彩はY商事で仕事を続けるつもりだった。元婚約者と同じ社内で働く以上、禍根は残さないほうがいい」

「でもね。奥津さん、妹さん、そしてその羽賀琴菜という女性が、上司に挨拶《あいさつ》したという事実はありませんよ」

と和泉は言った。

「本当にそうでしょうか？」

「どういうことです」

「羽賀琴菜はY商事の取引先の役員の娘です。もし彼女が逮捕されたらY商事にとって少なくない損害でしょう。彼女が彩を殺したという確証がない以上、社員が彼女の目撃情報を黙っていたという可能性はないですか？　そして彩はあなた方に自殺と断定され、すべてはうやむやになった」

「先日も言いましたが、彩さんの事件を捜査したのは、我々ではないんでね」

西岡が嘯いたが、俺は無視した。

「奥津が近親姦で生まれたことを彩に教えたのは、羽賀琴菜でしょう。奥津の出自から一度は親に結婚を反対されたが、まだ未練は残っていた。その結果、彩は婚約を解消しました。だが琴菜は彩がまだ奥津を諦めていないのではと疑心暗鬼になった。どっちが奥津に相応《ふさわ》しいか決着をつけようということになったんじゃないでしょうか」

「そして彩さんを屋上から突き落として、Y商事から逃げ出したと？」

俺は頷《うなず》いた。

「逃走する時に、よく誰にも見られませんでしたね」

「皆、彩が屋上から落ちたことに気を取られて、その場にいた社外の人間には目もくれなかったんでしょう。それともトイレにでも隠れてやり過ごしたのかな？」

俺は皮肉たっぷりにそう言った。刑事たちはバツが悪そうな顔をした。

「でもY商事の利益とはまったく無関係な人間が一人、琴菜を目撃していた」

「と、言うと？」

「猪澤です。Y商事から出てくる琴菜を偶然見かけたんでしょう。猪澤は、奥津が彩を殺したと言っていました。それは殺したようなもの、という意味だったんです。奥津の婚約者が彩を殺した――これは猪澤にとっては奥津が殺したと同等の意味を持ったでしょう」

あくまで推測だが、俺は信憑《しんぴょう》性は高いと考えていた。猪澤は彩が好きだった。だが猪澤は精神的に女を抱けない身体だった。だから、まるで姫を守るナイトのつもりだったのではないか。その日も、猪澤はY商事の前の喫茶店で、彩が出てくるのを待っていた。だが出てきたのは、羽賀琴菜だった。奥津は琴菜が彩を殺したことを知っていたが、警察に証言することなく黙っていた。だから猪澤にとっては、奥津が彩を殺したようなものなのだ。

俺は思い出す。奥津を網走の自宅に呼び出した時の、あの彼の言葉を。

『僕もちょっと加納さんに相談したいことがあるんです』

奥津は網走の俺の家に来ることを、一切誰にも言わなかった。俺が偽名で取った航空券を怪しむ素振りもなかった。奥津は俺に、自分の婚約者が妹を殺したことを打ち明けるつもりだったのではないか。やはり彩の死に責任を感じていたのではないか。このままでいいはずがない。しかし警察に行く勇気もない。だから秘密裏に俺と会い、俺の意見を請うつもりだったとしたら。

「我々刑事が、素人探偵の言うことに従えと？」

「あなた方が彩の事件の担当じゃないってことは分かっている。でも彩の死が殺人だとしたら、奥津の婚約者も疑われても然《しか》るべきだ。どうして調べないんです？」

二人の刑事は顔を見合わせた。俺の意見に耳を貸すことなど刑事のプライドが許さない、そう言わんばかりの態度だった。


俺が網走に戻って数週間後、羽賀琴菜は逮捕された。以下は刑事たちから伝え聞いた事件のその後の経過に、マスコミ等の報道から知り得た情報を加えて、自分なりに理解した真相だ。

彩が羽賀琴菜をY商事に呼び出した口実は、ほぼ俺の推測通りだった。だが、彩の本当の目的は違った。彩は琴菜の浮気現場の写真を社内にばらまいて、Y商事を辞めるつもりだったのだ。その場に琴菜本人を立ち会わせることは、琴菜と奥津に対するこれ以上ない復讐《ふくしゅう》になる。

琴菜は奥津とよりを戻しても尚《なお》、以前の恋人と切れずにズルズルと関係を続けていた。琴菜も、その男とホテルから出るところを写真に撮られた心当たりがあったという。彩と琴菜は屋上で話し合い、やがて写真の奪い合いになった。結果、彩は屋上から落ちたのだ。その時、一枚でも写真が現場に残されていたら、すぐに琴菜が犯人と知れただろうに。

そしてその写真を撮ったのが、猪澤だった。

『猪澤という男が、奥津さんを殺したんです』

取り調べの際、琴菜はそう警察に訴えたという。浮気の証拠の写真を撮っただけではなく、猪澤は彩の死後、琴菜に執拗《しつよう》につきまとったらしい。奥津と琴菜を精神的にいたぶることが、彩に対する供養だと、猪澤は思ったのだろうか。

奥津は猪澤を殺して、琴菜の罪を闇に葬ることも真剣に考えていたという。これらの証言は、もちろん俺に有利に働いた。

琴菜は、奥津が死んだ日、彼が網走の俺の自宅に向かったことを知っているかもしれない。それだけが不安だったが、刑事たちから何の話も出なかったので、奥津はやはり誰にも言わずに俺の家に来たのだろう。もし彩の死の真相を俺に告白するつもりだとしたら、琴菜本人には網走行きを黙っていたことも頷ける。

琴菜は奥津の子供を妊娠しているという。出生前診断によると双子のようだ。本当に奥津の子供なのか疑問だが、妊娠の時期的に間違いないと琴菜は主張している。恐らく警察病院で出産することになると思うが、その双子の将来を思うと少しだけ胸が痛かった。

だが彩を殺した女や、その子供がどうなろうと俺にはもう関係ない。琴菜の証言によって、奥津殺害の重要参考人として猪澤が指名手配されるに至っては、俺は完全に枕を高くして眠れた。

猪澤は発見されるはずがないのだ。彼は永久に、この世界から消滅した。警察はずっと存在しない犯人を捜し続けるだろう。そして十五年経ち、俺は晴れて自由の身になる。

猪澤は彩と一緒になれない代わりに、彩をずっと陰から守っていた。そんな男に自分の罪を押し付けて罪悪感がないと言ったら嘘になる。だが、こうなってしまったものは仕方がない。俺の罪を被《かぶ》ることは、彩のためでもあるのだ。猪澤も本望だろう。

彩。

どうして俺は彩を好きになったのだろう。考えても考えても、その理由は思い出せなかった。彩の方から、俺が彩を好きになるように仕向けたのではないか、そんな馬鹿げた想像が脳裏を過《よぎ》る。彩はMで賭《か》けをした。桃子は冗談だと思っていたようだが、彩は本気だったとしたら。

奥津の出生の秘密を琴菜に知らされて、彩は混乱し、俺を始めとした、いろいろな男に抱かれたと思っていた。でも、そうではなかったとしたら。琴菜に知らされる遥《はる》か以前に、奥津自身に聞かされて知っていたとしたら。

奥津が出自の件で琴菜との結婚を相手の親に反対された時、酒でも飲んで自暴自棄になって、その時身近にいた彩に秘密を打ち明けてしまったという可能性はないだろうか。

そして彩が、近親姦《かん》で生まれた男に興味を抱き、奥津を誘惑したとしたら。

考えたくはない。だが、彩は猪澤という男をしもべのように使い、琴菜の浮気現場を写真に収めて、会社にばらまこうとした。俺の知っている彩は、そんなことができる女ではなかった。

俺の知っている彩は、本当の彩ではなかったのだろうか。

俺はもう彩のことを考えるのは止めた。父と母のように、妹も、もう死んだ人間だ。でも俺はまだ生きている。

俺は桃子を網走に呼び寄せ、一緒に暮らし始めた。桃子には俺の小説の仕事の手伝いをしてもらった。各出版社とのスケジュールの調整、税金関係等々、実際に小説を書く以外のこと、ほとんどすべてを彼女に任せた。秘書のようなものだ。

実際やらせてみると、愛想のいい桃子は編集者に評判が良かった。各書店の売り上げのチェックにも余念がなく、有力書店にはサイン本を作らせてくれと積極的に持ちかけた。間違いなく、彼女は花田欽也の本の売り上げに貢献しただろう。

今回の事件で、俺は多くのものを失った。だが得るものもあった。それが公私にわたってのパートナーだ。桃子は知らない。俺の手が奥津行彦の血で汚れていることを。でも、俺は決して彼女に知らせることはない。知らせてこの生活が壊れることを俺は望まない。少なくとも十五年間、猪澤の死体を隠し通すまでは。

何度も何度も思い出す。猪澤を轢《ひ》き殺したあの瞬間を。

これでもう計画は失敗したと思った。俺はゲームに負けたのだと。

でも違った。

俺はゲームに、人生に勝ったのだ。もう何も失わず、何も恐れない。決して。

【if A　犯行直後に目撃者を殺した場合・終】

ifB　犯行直後に目撃者を殺さなかった場合4

あの二人の刑事が、またやって来た。今日は警察署の方で事情を聞きたいと言う。

「どうしてですか？」

「ちょっと込み入ったお話をさせていただくんでね」

と和泉が、何故か勝ち誇ったように言った。遂《つい》にしっぽをつかんだと言わんばかりの態度だった。

任意の取り調べということだが、現実問題、警察の取り調べを拒否できる者はいないだろう。部屋の前にはパトカーが停まっていた。近所の住民が何事かと顔を出している。

俺は後部座席に乗せられ、網走警察署に連行された。テレビの刑事ドラマで観るよりも、もっと小さい取り調べ室に案内された。三人も入ると息が詰まりそうだった。

てっきり、恐喝者の死体を解体したことが発覚したのだと思ったが、そうではなく奥津の事件にかんしてだった。若い刑事は、奥津が死亡したと思われる日時を挙げ、俺のアリバイを訊《き》いた。

「それは以前、お話ししたと思いますが」

「もう一度、教えていただけますか？」

「だから前も言ったけど、特にアリバイと言うようなものはないですよ。せいぜい近所に買い物に行った程度で」

俺は二人に、その買い物の内容をもう一度伝えた。二人はふむふむと、しかつめらしい態度で俺の話を聞いていた。

「だいぶ前のことなのに、よく覚えていますね」

「だから以前あなた方に訊かれたから記憶に残っているんですよ。で、何か？」

二人は、俺をじっと見つめた。

「あなた、事件当日、奥津さんと会ったんじゃないですか？」

和泉が訊いてきた。

「知りません」

「あなたは車を運転なさいますね。なら当然Nシステムをご存知でしょう。車のナンバープレートを読み取る装置です。それだけじゃなく顔写真も写ります。死体が発見される二日前、夕張から網走に車を走らせている奥津さんの記録が残っているんですよ。状況から鑑《かんが》みて、あなたに会いに行ったと考えるのが自然だ」

この刑事たちと初めて会った時、二人とも終始、俺の顔をまじまじと見つめていた。俺と奥津の関係は知っていただろうが、現実に目にすると物珍しかったのだろう。

「奥津さんは、夕張から網走まで車であなたに会いに行った。何があったか分からないが、あなたは奥津さんを殺してしまった。殺害現場は網走のあなたの部屋です。あなたは途方に暮れたでしょうが、死体を処理するお膳立《ぜんだ》ては被害者自身が整えていた。車です。あなたは奥津さんの車のトランクに死体を詰めて、夕張に向かった。つまり行きは奥津さん本人が運転し、帰りはあなたが運転したというわけだ。もちろん、本来ならそんなことはしないでしょう。Ｎシステムがあるのだから、あなたが奥津さんの車を運転していることは立ち所に発覚してしまう。でも、あなたは自分ならできると踏んだ。なぜなら――」

そこで和泉は言葉を切った。自明のことだから、あえて言う必要もないと思ったのか。

恐喝者のように、奥津の死体を解体してトイレに流そうと思わなかったわけではない。だが、Ｎシステムのことは当然頭にあった。奥津が自分で車を運転して網走に来たことは記録されている。網走で死体を処分したら、当然、事件現場に住んでいる奥津を殺す動機のある人間――この俺が容疑者圏内に浮上するのは想像に難くない。

奥津には、網走に来た時のように、車を運転して夕張に帰ってもらわなければならなかった。普通ならば、そんなことは不可能だろう。しかし、俺ならば奥津に成り済まして、彼の死体を夕張まで運ぶことができるのだ。

「何故、奥津さんは車を運転して、あなたに会いに行ったんですか？」

トリックが実現可能か否かを確かめる、実験だ。

本当に車で夕張、網走間を往復できるのか。地図上は可能だが、ガソリンやドライバーの体力がもつのか確かめなければ、すべては机上の空論だ。

「奥津さんの死体が、風呂場の浴槽から発見されたのも、死斑《しはん》からトランクにしまわれていたことを隠すためでしょう？　まあ、稚拙な工作ですが」

苦肉の策だが仕方がない。奥津の部屋には床下収納がなかったのだから。

「証拠があるんですか？」

と俺は訊いた。

「奥津さんは、お住まいのアパートから百メートルほど離れた場所に駐車場を借りていました。ところが奥津さんの車はそこにはなく、アパートから一キロ先の夕張市内の路上で発見されたんです。何者かが乗り捨てたようでした」

「そんなことが何の証拠になるんですか？」

「今、車内を道警の科捜研が徹底的に調べています。あなたがその車を運転していた証拠が見つからないとも限りませんからね。たとえば髪の毛とか」

「Nシステムの画像も調査中です。奥津さんの車の、行きと帰りのドライバーが同一人物か否かは、いずれ判明すると思いますが。その前に吐いてしまった方が、裁判での心証も良くなるかと」

刑事たちは、二人がかりで俺に言い立てた。しかし、俺は黙っていた。そこを通るすべての車のナンバーとドライバーの顔を記録するNシステムの画像が、こういった特殊な事例の顔認識に堪えるほど鮮明だとは思えない。仮に俺の髪の毛が車内に落ちていたって、そんなものは何の証拠にもならない。

「ハンドルからは奥津さんの指紋が僅《わず》かしか発見されませんでした。本人の車なのに、これはおかしなことです。でも、その車を最後に運転していたドライバーが手袋をしていたとしたら説明がつくんです」

「手袋をして運転したから、前の指紋が消えてしまった。ドライバーが指紋を付けたくなかったとしか考えられません。つまりそのドライバーは奥津さんではないということです」

「単純に、長時間車を運転するから手袋をしていただけじゃないですか？　北海道は寒いから」

「なるほど物は言いようだ。だがNシステムの画像を解析した結果、奥津さんの車のドライバーが、行きは素手で、帰りだけ手袋をしていたことが発覚したら、それでもあなたはシラを切り通すおつもりですか？」

俺は黙った。手袋の件は状況証拠に過ぎない。

「時に、あなたは桑原銀次郎というライターの取材を受けていますね」

黙っている俺に痺《しび》れを切らしたのか、もう一人の若い方の刑事が言った。今、その名前が出るとは思いもしなかった。

「それが？」

「彼は、網走であなたに取材する前に、夕張でいろいろと調べていたようですね」

確かにそんなことを言っていたような気がする。

「だから、それが？」

「夕張で、彼はMというバーに向かったそうです。何気なく入ったのか、それとも前からマークしていたのか、それは彼は言いませんでしたが、とにかくそのバーに被害者の奥津さんが通っていたという証言を得たそうです」

そんなこと、桑原は一言も言わなかった。

「バーテンダーの蒼井さんは、奥津さんが雑談の折に漏らした言葉を覚えていましたよ。今では赤の他人だけど、本当は兄貴になるはずだった人が網走に住んでいて、今度会いに行くって」

桑原が黙っていたのは、この情報を警察との駆け引きに使うためだったのか。つまり、俺に経費で海鮮丼などを奢《おご》りながら、腹の底では俺のことを疑っていたのだ。

「この情報をやるから、捜査の進展具合を教えろとしつこく迫られましたよ。まあ、それでマスコミに情報を流す馬鹿な刑事はいないと思いますが、何事にも裏取引があるんでね」

「Mなんてバーはノーマークでしたよ。財政破綻《はたん》した夕張に、いつまでもしがみついている古くさいバーでね――」

既に警察は、俺が奥津を殺した犯人であると見破っている。後はもう物的証拠が見つかるか否かの問題に過ぎない。

さらに、恐喝者の死体をバラバラにしたことが発覚し、俺が殺したと決めつけられたら、死刑になってもおかしくはない。

「俺は」

顔を上げて、言った。

「奥津を殺し」

その後の言葉の続きを期待している二人の刑事の顔が、そこにはあった。

「ていない」

状況証拠しかない今の段階では、自白がなければ俺を逮捕できない。だからこそ警察も焦っているのだ。俺は余計なことは決して口走らないよう、終始口を閉ざしていた。取り調べは長時間に及んだが、恫喝《どうかつ》など手荒な手段を二人の刑事が取らなかったのは、俺が一応出版業界の人間だからか。マスコミに違法な取り調べを告発されたら、後々面倒なことになる。

「あんたがやったんだ。間違いない」

そう確信に満ちた目で和泉刑事は言った。理由は分からないが、俺を逮捕することに並々ならぬ執念を抱いている様子だった。

その日の夜、俺は釈放された。だが警察は今後も俺を徹底的にマークするはずだ。殺人事件の重要参考人として、マスコミも大勢集まってくるだろう。そのマスコミの前で、警察の横暴な捜査と、自分の身の潔白を主張する厚かましさは、俺にはなかった。

取り調べが何度続くか分からないが、次で逮捕状を請求されるかもしれない。自由に行動できる、これが最後のチャンスと考えるべきか。

タクシーを拾って、自分の部屋に戻った。車中、ずっと俺は何をするべきかを考えていた。答えは一つしかなかった。これ以上、罪を重ねるのかと思うと忸怩《じくじ》たる思いがする。だが、俺は自分の真の目的を忘れることはできなかった。

復讐《ふくしゅう》。

キッチンに向かって、恐喝者の死体を解体した時に使った刃物をすべて出して、床に並べた。早く処分しなければならないと思っていたが、そこらに不法投棄するのも足がつく恐れがあるので、未《いま》だにこの部屋に隠している。警察にマークされている今、もう処分はできないだろう。それ以前に、一度恐喝者の血で塗《まみ》れた部屋中の床を張り替えなければ、完全な証拠隠滅にはならない。奥津殺害の最重要容疑者となった今、何をどうしようと、すべて明るみに出るのは時間の問題だ。

奥津を殺したのも、恐喝者の死体を処分したのも、やりたくてやった訳では決してないのだ。だから俺は、最後の最後で、当初の計画に則《のっと》って、自分の意思であいつを殺すべきなのだ。

もし、それが失敗したら、俺は自殺するしかない。

＊

【七日未明、ライトノベル作家花田欽也さん（本名・加納豪さん）が自宅の仕事場で心肺停止の状態で発見された。死因には不審な点が多く、警察は事件、事故の両面から捜査を開始している。花田欽也さんは山田洋次監督のファンで、ペンネームを同監督の映画『幸福の黄色いハンカチ』の登場人物からとったことでも有名。ライトノベルがジュブナイルと呼ばれていた頃から活躍している先駆者的人物で、後継の育成にも力を注いでいた。葬儀、告別式などは未定】

＊

「結局、俺の息子は見つからないままですか」

花田欽也の死亡を伝える新聞記事から顔を上げ、猪澤光蔵が言った。髪の毛のない頭が、店の照明に当たって、少し光を発している。残った僅かな頭髪も、一本残らず白くなっている。肌艶《はだつや》は意外にも若々しいが、やはり年齢相応の外見だった。

コーヒーを一口啜《すす》ってから、桑原はその猪澤の言葉に答えた。

「各社の報道はそれほど大きくはありませんが、これからです。警察はちゃんと捜査をしているはずです。何か捜査に進展があれば、今後大きな事件になることは十分ありえます」

「分かってますよ。常識的に考えて息子はもう死んでるってことは。あの奥津の息子だって殺されてしまったんだ。でも三十年間も捜し続けてきたんだ。せめて俺が死ぬまでには見つけてやりたい」

「そのことですが――」

桑原は哀れむような眼で、光蔵を見た。

「何です？」

「もちろん、息子さんも同じ運命を辿《たど》ったとは言いませんが、ちょっと気になる情報が入ってきたんです。週刊標榜はメジャーな週刊誌ですが、それでも記者クラブに出入りできるような身分じゃありません。でも警察の情報を独自に入手できるルートは確保してあるんですよ」

「捜査に、何か進展がありましたか？」

「加納の部屋を捜査したところ、ルミノール反応が出ました。どんなに奇麗に血を洗い流しても、ヘモグロビンが僅《わず》かでも残っていれば反応します。加納の部屋の、特に浴室とトイレから強い反応が出たそうです」

「自分の部屋で誰か殺したのか？」

光蔵は一人つぶやくように、そう言った。

「恐らく。トイレからの反応が尋常ではなかったので、警察は下水管を調べたそうです。そうしたら人骨の一部と、肉片が発見されました」

「――な」

「恐らく加納は、死体を浴室で解体し、トイレに流したんでしょう」

「トイレに？　馬鹿馬鹿しい！　そんなことが――」

光蔵は笑ったが、桑原の真剣な表情を見て、決して冗談で言っているわけではないと悟ったようだった。

「トイレに人間の死体が流れるんですか？」

「もちろん滅多にあることではありませんが、この手の事件はそう珍しいことではないんですよ。発見された死体の一部は、今DNA鑑定で身元を特定中ですが、結果は芳しくないようです。少なくとも今回の事件の関係者で、DNAが一致した人物はいませんでした」

「息子なんですか？」

違う、と俺は思った。息子じゃない。お前だって、息子はもうとっくの昔に死んでいるかもしれないと、覚悟していたじゃないか。

「今はまだ、何も断定ができません。もしかしたら警察から、猪澤さんのDNA鑑定を要求されるかも」

「俺の？」

「はい。猪澤さんのDNAと下水管から見つかった遺体の一部のDNAを照らし合わせれば、もしかしたら猪澤さんとの関係が分かるかもしれない。もちろん、何の関係もない可能性もありますが」

伊達《だて》眼鏡にニット帽を被《かぶ》っているから、桑原は近くの席にいる俺に気付かない様子だ。それとも、逃走中の俺が、自分をつけ狙っているとは夢にも思っていないのか。

すべて桑原のせいだった。桑原が夕張のMなどというバーを見つけたのがいけない。

そのバーを訪れた奥津が、うっかり網走の俺のところに来ることをバーテンダーに口走ったから、俺の犯行が露見したようなものだ。

「あの花田欽也の連載小説はどうなるんでしょう」

と光蔵が言った。

「もちろん中断ですね。週刊クレールには可哀想なことをしましたが、仕方がないでしょう。花田欽也に後ろめたい過去があるのは予想していましたが、まさか死んでしまうとは思いませんでした」

俺は息を飲んだ。週刊標榜の目的がやっと分かったからだ。花田欽也は、週刊標榜と部数を競っている週刊クレールという雑誌に連載を持っていた。週刊標榜はライバル誌で小説を書いている作家のスキャンダルをぶつけ、週刊クレールの評判を落とすつもりだったのだ。

俺がすぐ近くにいることも知らず、桑原と光蔵はのんびりと立ち上がった。

「今日はどちらへ？　スカイツリーには行かれたんですか？」

「ええ、前回真っ先に。今日は東京タワーに行こうと思います。昔、行ったことがあるんですけど、やっぱりそっちの方が東京のシンボルのような気がして。古い人間ですかね」

「いいえ、そんなことありませんよ。僕も子供の頃から慣れ親しんでいるから、スカイツリーより東京タワーの方が好きですね。駅までお送りしましょう」

暢気《のんき》に観光案内か。俺は怒りを抑え切れずに、バッグの中のナイフを握りしめて立ち上がった。そして、光蔵の怒鳴り声に負けないほどの、大声で叫んだ。

「桑原銀次郎！」

周囲の皆が一斉にこちらを見た。もちろん光蔵も、そして桑原も。

その瞬間、俺はナイフの切っ先を桑原に向けたまま、走り出した。

以前、ネットで桑原が殺人事件の容疑者に刺されたという記事を見た。その容疑者とは何の関係もないが、そいつが未遂に終わったことを、今、俺が成し遂げるのだ。

桑原は俺を避《よ》けようとしたが、そう広くない店内で大きく動けず、ナイフは桑原の腹をえぐった。桑原が息を飲む音を、俺は確かに聞いた。痛みで発した声なのか、あるいは俺がここにいることに驚いた声なのか。

俺の身体がぶつかった勢いで、桑原は椅子やテーブルをなぎ倒しながら、フロアの床に倒れ込んだ。店内に悲鳴が飛び交った。俺はすかさず倒れた桑原の上に馬乗りになって、その身体に更にナイフを突き立てようとした。

だがその時、何かが俺の手首に飛んできた。激痛が走って俺は思わず持っていたナイフを取り落としてしまった。ナイフは床に落ちて金属音を発した。

光蔵の手刀が俺のナイフを叩《たた》き落としたのだ、ということに気付いた瞬間、今度は掌底が顔面に飛んできた。年寄りの力とはまるで思えず、俺は後ろに吹っ飛び、テーブルのふちに頭をしたたかぶつけ、意識が遠くなった。

光蔵や店の男性店員に取り押さえられ、離せ！　離せ！　と怒鳴りながら暴れ回ったこと、そして桑原が小さな声で、また刺された、とつぶやいていたことは何となく覚えている。

そして駆けつけた中年の刑事が、俺に投げかけた言葉も。

よく見るとそれは和泉刑事だった。俺を追って東京まで来たのか。何という執念だ。

「加納だな？」

俺はその問いかけに、頷《うなず》く気力もなかった。

「加納卓也」

和泉刑事が俺の名前を呼んだ。

「桑原銀次郎さんの殺人未遂並びに、鈴木太郎さん、そして奥津進也さん、並びに義父の加納豪さんの殺害容疑で逮捕する」

【if B　犯行直後に目撃者を殺さなかった場合・終】

エピローグ

別冊「週刊標榜」ムック『昭和&平成　実録事件ファイル』（2016年10月17日発売）

「作家花田欽也殺害事件の背景に、三十年の時を経て繰り返された愛憎劇があった！」

文責　桑原銀次郎

本ムックのラストを飾るのに『ライトノベル作家　花田欽也殺害事件』ほど相応《ふさわ》しいものはないだろう。何故なら平成に起こったこの事件は、被害者の花田欽也（本名・加納豪）自身が昭和に起こしたある殺人事件に端を発しているからだ。

事件自体は今現在も捜査が進められていて、本ムックの編集作業中にも、花田欽也の自宅の床下から男性の白骨死体が発見されたとの一報が入っている。死後、数十年は経っていると見られ、警察はＤＮＡ鑑定の準備を進めているが、三十年前に消息不明となった猪澤五郎さんの遺体であることはほぼ間違いないと目されている。

ここで事件を振り返りたい。すべては、花田欽也の妹、加納彩さんが当時勤めていたY商事の屋上から落ちて亡くなったことに端を発する。今から三十年前、一九八六年のことである。

彩さんは同僚の奥津行彦さんと婚約していた。だが奥津さんには秘密があった。それは近親姦《かん》で生まれたということだった。北海道は広大な大地を僅《わず》かな入植者によって開拓されてきたという歴史がある。人々の絶対数が少ないから、もしかしたらその当時、近親姦が多く発生していた事実があるのかもしれない。世界の歴史を紐解《ひもと》けば、開拓地に近親姦が横行していた事例はいくらでも確認できる。もちろん明治初期の話だが、今から五十年ほど前までその頃の風習が残っていたとしたら、近親姦で奥津さんが生まれてしまっても不思議ではない。

奥津さんには、彩さんとは別の羽賀琴菜という恋人がいた。琴菜の両親は、興信所に奥津さんの過去を探らせた。特別養子縁組の戸籍を辿《たど》り（注・一九八六年当時。現在では戸籍請求には本人確認が必要）、実母のリンさんに辿り着く。結果、近親姦の事実は明るみに出て、二人は琴菜の両親の反対にあい破局してしまう。奥津さんが彩さんと婚約したのはその後だった。

羽賀琴菜は奥津さんにまだ未練があったから、奥津さんと彩さんの仲を裂くために、奥津さんが近親姦で生まれたという事実を彩さんに知らせた。自暴自棄になった彩さんは、夕張のMというバーに出入りするようになり、兄の花田欽也と関係を持った。そしてMで猪澤五郎さんと出会うのだ。

加納彩さんは評判の美人だった、と当時の彼女を知る高校の同級生は語った。特に魅力的だったのはそのプロポーションで、当時人気だったアメリカ人モデルの、アグネス・ラムを彷彿《ほうふつ》とさせたという。水着などを着なくても、制服の上からでも胸の大きさがはっきり分かったというから、男子生徒の憧《あこが》れの的であったことは想像に難くない。

プロポーションがいい女性は、セックスにも奔放という男性の勝手なイメージは、女性に対する蔑視《べっし》であることは間違いない。しかし彩さんは、世間一般の女性よりも、男性と関係をもつことに対する抵抗感が少なかったと思われる。

猪澤さんには過去に性的なトラウマがあって、女性と関係を持つことができなかった。彼は性に奔放な彩さんに憧れる反面、彼女を守らなければならないと感じていた。猪澤さんは、今で言うストーカーの走りだったかもしれないが、彩さんに忠実に仕えていたふしも見受けられる。そして、猪澤さんは琴菜がY商事から逃走する現場を目撃する。彩さんは、猪澤さんに撮らせた琴菜の浮気現場の写真を社内にばらまこうとし、それを阻止しようとした琴菜に突き落とされて殺されたのだった。

一方、彩さんの兄の花田欽也は、警察の初動捜査のミスもあって、彩さんは奥津さんに兄との関係を社内で暴露されたせいで自殺したと誤解する。そして花田欽也は奥津さんの人となりを興信所に探らせ、調査員がリンさんの元を訪れる。

リンさんは、自分の息子が奥津家の養子になっていることを以前から知っていた。特別養子縁組と言っても、施設は介せず、リンさんの両親が息子を取り上げ、遠縁の親族の籍に入れたのだ。奥津さんがどこにいるのか、その気になれば親族の間を訪ね歩いて突き止めることができた。だがリンさんは、近親姦で子供を産んだことの意味を理解していた。自分のような女が現れると息子の人生が目茶苦茶になると思い、会いには行かず陰ながら彼の人生を見守っていたのだった。

だが二回も興信所の調査員の訪問を受けて、リンさんは自分の息子が窮地に立たされていることを知る。そして我慢できずに奥津さんに会いに行ってしまう。奥津さんは実の母親を責めることなく、温かく受け入れた。そしてその際、奥津さんの婚約者の琴菜が、彩さんを殺したことを打ち明けたのだ。

彩さんの兄、花田欽也に近親姦の事実を盾に脅迫され、網走に来いと言われていることも、母親に告げた。来なければ自分の出自をすべてばらすと。だが、奥津さんはそんな脅迫に屈しなくとも、花田欽也に彩さんの死の真相を告白するつもりだったのだ。もちろん、その後に警察にも行くつもりだった。だが奥津さんは、羽賀琴菜が彩さんを殺した許しを乞《こ》う間もなく、花田欽也に殺されてしまう。

花田欽也は、死体を夕張の奥津さんのアパートの部屋まで車で運び、アリバイを偽装した。一九八六年当時はNシステムが普及してなかったので、このようなトリックも成立したのだ。

だが花田欽也のその犯罪計画は、想像もできない誤算に襲われる。網走に戻る帰り道、何と奥津さんを脅迫するために彼のアパートに向かっていた猪澤さんを轢《ひ》き殺してしまったのだ。

花田欽也は、トランクに猪澤さんの死体を隠し、網走に戻った。そして自分の家の床下に死体を埋めた。それが今回発見された三十年前の白骨死体である。その後、猪澤さんが彩さんや奥津さんに付きまとっていたストーカーであることが判明し、猪澤さんが奥津さん殺害の最重要容疑者となった。しかし警察がどんなに捜査しても、すでに死んでいる猪澤さんが見つかることはなかった。

奥津さんが殺されたと知った時、リンさんは真っ先に花田欽也を疑った。奥津さんが花田欽也に会っていた事実を、彼女だけが知っていたのだ。だが後述するある理由によってリンさんは警察に告発はしなかった。

結果、花田欽也は逮捕されなかった。彼は、生前の彩さんの人となりを知るために向かった夕張のバーMで秋津桃子さんと知り合い、後に結婚する。そして女児をもうける。花田欽也はその娘に、自分の妹と同じ、彩と名付けた。

受刑者が産んだ双子の兄弟

羽賀琴菜は加納彩さん（花田欽也の妹）を殺害した罪で逮捕された。その時、琴菜は奥津さんの子供を妊娠していた。男の双子だった。琴菜は出産時の出血多量により警察病院で死亡する。彩さんを殺した因果を感じずにはいられないが、それ以上の運命を産まれた双子は背負っていた。

奥津さんと琴菜の両親にとって、双子は単なる孫ではなく、亡くした子供の忘れ形見だった。協議の末、兄の卓也は琴菜の両親に引き取られ、弟の進也《しんや》さんは奥津さんの両親に引き取られることになった。

受刑者が警察病院で双子を出産して死亡した事件は、刑務所内での受刑者の虐待が問題になっていたこともあり、道内のローカルニュースとして報じられた。双子がその後どうなったのか、リンさんが知ることは比較的容易だった。リンさんは二人の孫を遠くから静かに見守ることを決意する。だが奥津家に引き取られた進也さんはともかく、羽賀家に引き取られた卓也に対しては、その願いは果たせなかった。

羽賀家はまったく言うことを聞かない卓也を持て余し、養子に出してしまったのだ。

そもそも羽賀家の親族たちからは、卓也を引き取ることに反対意見もあったという。愛する孫であるとはいえ、娘の死の原因を作った男の子供だ。奥津さんが彩との関係を清算できなかったから、娘は殺人者になってしまった。日に日に成長する卓也を見るたび、彼とどう向き合えば良いのか分からず、途方にくれたのかもしれない。

縁もゆかりもない人間の養子になった卓也の戸籍を追う手段は、リンさんにはなかった。そのまま永久に卓也とリンさんが出会わなかったら、もしかしたら今回の事件は起きなかったかもしれない。だが祖母と孫は出会ってしまった。

養子本人であれば、戸籍を辿ることは何の問題もない。成人した卓也は自分のルーツ探しを始めた。卓也は学生時代かなりグレていたという。出自と人格は無関係であることは厳然たる事実である。しかし複雑な生い立ちの彼だからこそ、出生の秘密を知りたい気持ちは一入《ひとしお》だっただろう。

やがて卓也は、琴菜の両親を探し出した。そして、自分が殺人の被害者の父親と、犯罪者の母親の間に生まれた子供であることを知った。

花田欽也の妹の彩さんは、Y商事の社内で、羽賀琴菜の不倫現場の写真をばらまこうとしていた。それは未遂に終わり、あのような悲劇が起こったのは前述の通りである。琴菜は奥津さんと同時期に、前の恋人と会っていた事実がある。つまり卓也は自分が養子に出されたのは、本当の父親は奥津行彦さんではないからでは、と琴菜の両親が疑ったからだと考える。そこで、自分の父親が奥津行彦さんであることを確かめ、自分を養子に出した琴菜の両親は間違っていたことを証明しようとする。

父親の奥津行彦さんは既に死亡しているので、卓也は奥津行彦さんの除籍謄本を取り寄せ、奥津さんの産みの親であるリンさんを見つけ出した。DNAを調べて祖母鑑定をするためだ。リンさんは自分のDNAのサンプルを卓也に提供し、結果、卓也はリンさんの孫であることが正式に認められた。奥津行彦さんは間違いなく双子の父親だった。

それ以降、リンさんと卓也は親密になった。自分を手放した母方の祖父母よりも、青森で一人寂しく暮らしているリンさんの方に卓也がシンパシーを抱いたのは、当然の成り行きかもしれない。

そしてリンさんは卓也に、父親の奥津行彦さんが花田欽也に殺された経緯を語ったのだ。

リンさんにすべてを教えられ、卓也は花田欽也への復讐《ふくしゅう》を決意する。自分がこんな惨めな人生を送ったのは、父を殺した花田欽也のせいだと。もし父が生きていれば、双子の兄弟は引き離されることもなく、奥津家に引き取られた進也さんと一緒に暮らせたかもしれないのだ。

三十年後の兄弟の復讐計画

卓也は当初、すぐさま花田欽也を殺害しようと思っていたようだが、やがて考えを変えた。ジュブナイル作家としてデビューした花田欽也は、現在はライトノベル業界で成功して財産を築いていた。その財産を奪取することこそが復讐になるのではと考えたのだ。

卓也はまず加納彩さん（花田欽也の娘）に接触することにした。卓也は荒れていた時代に女遊びに明け暮れていたこともあり、女性の扱いには慣れていた。一方、彩さんは妹の生まれ変わりとして花田欽也に大切に育てられた分、やや世間慣れしていない面があり、彼女は簡単に卓也の誘惑に落ちたのだ。

そして卓也は彩さんと結婚した。この瞬間から、卓也は二つの人生を生きることになる。一つは加納家の婿として、花田欽也の仕事をサポートする表の人生。そしてもう一つは、花田欽也が殺した奥津行彦さんの息子として、父の復讐のため邁進《まいしん》する裏の人生である。

卓也は、花田欽也の著作を一冊残らず読破し、また他のライトノベル作家の作品も熱心に研究し、業界について勉強した。すべては花田欽也への復讐のためだった。

アニメのキャラが表紙で、安価な文庫本で出版されるライトノベルという小説ジャンルは、一般文芸の世界からは黙殺されがちである。卓也はそんな花田欽也のコンプレックスを巧みにくすぐった。卓也は花田欽也の作品を絶賛し、一般文芸でも十分にやっていけるとおべっかを使った。業界の知識を身に付けているだけあり、たとえお世辞であっても、その評価は説得力をもって花田欽也に届いただろう。

花田欽也は卓也を気に入り、婿養子を希望した。卓也は自分の名字を変えることに何の抵抗もなかった。元々の名字にしても、養子先のものなのだ。彼にとっても、加納姓を名乗り、花田欽也の仕事をサポートするのは、財産を奪取するという目的でも理に適《かな》っていた。

結婚と共に、卓也は当時勤めていた会社を辞め、花田欽也の妻の桃子さんから仕事を引き継ぎ、本格的にマネージメントを始めた。花田欽也が週刊クレールという部数の多い雑誌に連載が持てるようになったのも、卓也の営業努力の賜物《たまもの》だった。

そんな折だった。双子の弟の奥津進也さんが卓也に接触してきたのは。時は二〇一六年。花田欽也が奥津行彦さんを殺害してから、三十年の歳月が経っていた。

リンさんは、孫の卓也がなかなか花田欽也に復讐しないことに業を煮やしていた。卓也にとっては花田欽也の財産を食い潰すことが復讐だったが、リンさんにとってはその計画はあまりに長期的に過ぎた。そこで彼女は今度は弟の進也さんに接触して、卓也の背中を押させることにしたのだ。リンさんは夕張で精密部品メーカーの社員として働いている進也さんと会い、兄の卓也の存在と、そして実の父が花田欽也という有名作家に殺された事実を教えたのだ。

進也さんの目的は、純粋に花田欽也の犯罪を告発することだっただろう。だが卓也にしてみたら、そんなことになったら自分の身分も明らかになるのだから、花田欽也の財産を食い潰すことができなくなるかもしれない。父を殺した男に復讐するという兄弟の目的は一致していた。だが方法が違った。

卓也は弟のことを、決して進也とは呼ばなかった。生まれてすぐに引き離され、三十年ぶりに再会した弟を、気安く下の名前で呼べるはずもなかった。本来なら同じ戸籍に入って、正真正銘の弟になるはずだったが、卓也の前に現れた進也さんは、血がつながっているだけの赤の他人だった。

卓也にとって、弟と会っていることは誰にも言えない秘密だった。自分が奥津行彦さんの息子であることを、義父の花田欽也に決して知られてはならなかったからだ。だが進也さんにとっては、自分に双子の兄がいることを隠す理由はなかった。さすがに自分の父親が花田欽也に殺されたことは、時期を見て公表するつもりだったから、大っぴらに言いふらすことはなかったが。

進也さんは自分に双子の兄がいることを、当時付き合っていた恋人の鈴木太郎さんに話してしまう。進也さんは同性愛者だったのだ。

また何度か卓也の方から夕張に出向き、進也さんと会ったのだが、その際、偶然、進也さんの同僚の女子社員と遭遇してしまう。恐らく、再会した時から双子はお互いに警戒していたのだろう。公共の飲食店を利用した。思えばその時から卓也による進也さん殺害という結末に向かって事態は動き始めていたのかもしれない。夕張は人口が少なく、札幌などに比べると飲食店は多くない。顔なじみが同じ店に来る可能性は高かったが、進也さんはそれを失念していた。もっとも進也さんは、前述した通り、卓也に比べれば自分が双子であるという事実を隠そうとする意識は薄かったのだが。

その女子社員にとっては衝撃の光景だっただろう。顔なじみの同僚の奥津進也さんが、そこには二人いたのだ。取り調べの際「奥津に俺のような人間がいたのか、と驚きの目で見られた」と卓也は語ったという。

進也さん殺害直後、すぐに警察が卓也の元を訪れたのも、同僚の女子社員の情報提供があったからだ。二人の間に何があったのかは、卓也が固く口を閉ざしているので、本当のことは分からない。だが意見の違いがきっかけになり、また元々大切に育てられた進也さんに嫉妬《しっと》していたこともあり、卓也は網走の自宅で進也さんを殺害してしまう。

ちょうど進也さんは、花田欽也が三十年前に自分たちの父を殺したトリックを実証するために、車で夕張から網走までやってきていた。これ幸いと、卓也は進也さんの服に着替え、彼の死体を夕張の自宅まで運んだ。双子で顔が同じだからこそ、Nシステムも潜り抜けられると考えたのだ。また一卵性双生児はDNAが同じだから、万が一髪の毛等が車内に落ちても証拠にはならないという見込みもあった。だが一卵性双生児でも指紋は異なるから、卓也は手袋をして車のハンドルを握った。そのせいで、本来そこに残っているはずの進也さんの指紋が消えてしまったのは卓也の誤算だった。
夕張の進也さんの自宅ですべての偽装工作を終わらせた後、卓也は車をアパートから百メートルほど離れた場所にある駐車場に入れるためにアクセルを踏んだ。丁度その時、進也さんの目の前で自殺するために彼の部屋を訪れた、鈴木太郎さんを轢《ひ》きかけたのだ。

元恋人と同じ顔をした男へのつきまとい

卓也は鈴木太郎という名前は偽名だと思っていたが、正真正銘の本名であり、彼は、猪澤さんの息子でも孫でもなかった。卓也の話に合わせて、自分が猪澤光蔵さんの親族であると嘘をついただけなのだ。鈴木太郎さんにしてみれば、相手が自分を誤解しているのなら、それに越したことはないと判断したのだろう。その鈴木太郎さんの思惑を知らず、卓也は夕張に向かって、件の女子社員に会ってまで彼の正体を探ろうとする。

鈴木さんと進也さんは札幌のカフェで出会い、深い関係になったという。だがその関係はもつれ、やがて鈴木さんは進也さんに殺意を抱くようになる。一見、普通のカフェだが、実はその店は同性愛者の男性がパートナーを見つける出会いの場として知られていた。夕方から深夜までという変則的な営業形態も、その種の人々にアピールする目的があったと思われる。

進也さんの殺害を決意した夜、鈴木さんは卓也を進也さんと見間違え、車を追いかけた。驚いた卓也は車を駐車場に入れず、そのまま逃走する。路上に車を乗り捨て、そして安宿に一泊してから当初の予定通り飛行機で網走に戻った。

進也さんから聞いていた双子のもうひとりの存在を知った鈴木さんは、卓也に会いに行った。卓也は花田欽也の仕事の窓口であったから、網走の彼の住まいを調べるのは難しくなかったはずだ。

鈴木さんが卓也に付きまとったのは、決して金が目的ではなかった。彼は進也と同じ顔の卓也に惹かれたのだった。言わば、卓也に付きまとうこと自体が目的だったのだ。

その頃、卓也は妻との関係が冷え切っていて、別居状態にあった。元々、花田欽也に近づくためだけに結婚し、愛情などなかったから必然の結果かもしれない。人気作家、花田欽也の娘が離婚危機にあるというニュースは、決して大きな記事ではないが週刊誌でも取り上げられた。婿養子がやり手のマネージャーであるから、花田欽也の仕事にも響くと業界では注視されていたのだ。

実際、筆者が初めて卓也に連絡を取った際、彼は「彩とのことをあれこれ書き立てるつもりだろうか」と思ったという。

鈴木太郎さんも記事を読み、卓也が妻と別居していることを知っていた。卓也は「彩のことまで知っているのか」と思ったそうだが、夫婦の問題がそこまで知られているのかと驚いたからである。また、後に鈴木太郎さんは卓也によって解体されトイレに流されるのだが、その際、卓也は「彩がまだこの家にいたら、そんな家が汚れるようなことをしないで！　と怒るだろう」と考えたというが、妻の彩さん（花田欽也の娘）には潔癖症のきらいがあり、そのことも別居の一因だったからだ。

三十年間、息子を捜し続けた父親

猪澤五郎さんの父親の光蔵さんは、若い頃にお酒に走り、浮気を繰り返していたという。息子に性的なトラウマが残ったのはそのせいもあるかもしれないと、光蔵さんは自分を責め、残りの人生を失踪《しっそう》した息子を捜すことに費やした。彼は自分の足で、殺された奥津行彦さんの周辺を調べ始めた。

夕張のバーMを筆者に教えてくれたのは、光蔵さんだった。息子を捜すうちに、五郎さんが良く通っていたバーに自分も常連客となったのだという。三十年前は若者のたまり場だったバーも、現在は当時を懐かしむ中年の客が大半だった。

猪澤五郎さんは、奥津行彦さんを殺した罪で指名手配されていたので、光蔵さんは奥津家の動向に注目していた。猪澤さんが奥津さんを殺した証拠は何もないのだから、奥津さんの両親に、指名手配を取り下げてくれと訴えたこともあったという。もちろん被害者の遺族にそんな権限はないので、門前払いのように追い返されてしまった。それ以降、光蔵さんは奥津さんの両親を恨み、また奥津家は光蔵さんを警戒するようになった。

光蔵さんは両親が無理なら、奥津さんの子供に近づこうとした。とうに奥津行彦さん殺人事件には時効が成立していたが、息子の無実を証明しなければという信念には変わりがなかった。養子に出されてしまった卓也の行方を知る術《すべ》はなかったが、進也さんはずっと奥津家で大切に育てられていた。

光蔵さんは何年も奥津家を探っていたので、早いうちから進也さんが同性愛者であることに気付いていた。会わないと同性愛者であることを周囲にぶちまけると、半ば脅して進也さんと札幌のカフェで会った。あえてその場所を選んだのは、お前の秘密を知っていると進也さんにアピールするためだろう。カフェの店員が光蔵さんを覚えていたのは「人殺し！」と怒鳴っただけではなく、最初から光蔵さんの意図を悟って二人に注目していたからではないか。

「お前の息子は人殺しだ」と三十年間にわたり周囲の人間に責められ、光蔵さんは他人に対して攻撃的な態度を取る人間になってしまっていた。進也さんは冷静な人間だったから、穏便にその場を納めた。しかし内心穏やかではなかったはずだ。

その後、夕張のMを、進也さんは訪れた。三十年間Mで働いているという蒼井さんは、進也さんのことを良く覚えていた。夕張は一見《いちげん》の客が次々来るような街ではなかったし、常連客のおかげでなんとか経営が成り立っているという状態だったからだ。進也さんは花田欽也のことを蒼井さんから聞き出した。花田欽也は有名な作家になり、書店でも彼の本を良く目にした。また蒼井さんは花田欽也の妹の彩さんと数回関係を持ったので、後ろめたさもあり、もうMに来ることがなくても花田欽也は忘れられない客だという。

進也さんにしてみれば、自分の父親を殺したと思《おぼ》しき作家の、当時の人となりを知りたくてMを訪れたのだろう。そこで、つい網走に住んでいる双子の兄に会いに行くと蒼井さんに話してしまった。もしかしたら、ただでは帰ってこられないという予感が進也さんにはあったのかもしれない。

筆者はMに行き、その情報を入手し、警察に提供した。結果、警察は卓也をマークすることになり、それが卓也逮捕につながった。卓也の逆恨みで筆者が刺されたのは、報道の通りである。

刑事は原則、二人一組で行動する。これは若手の刑事をベテランの刑事がトレーニングするという側面があるからだ。奥津行彦さん殺害事件の捜査に若手刑事としてかかわった和泉刑事は、三十年後の現在、ベテラン刑事として奥津進也さん殺害事件の捜査に取り組むことになる。和泉刑事は、容疑者失踪のまま時効を迎えた三十年前の事件と、今回との事件に深い因縁を感じたのだろう。筆者がMに行こうと行くまいと、いずれ卓也は逮捕されていたはずだ。和泉刑事は、花田欽也を疑っていたのに結局逮捕できなかった三十年前の心残りを、今回の事件の捜査にぶつけたのだから。

if の悲劇

加納卓也は、奥津進也さん、鈴木太郎さん、花田欽也（本名・加納豪）の殺人容疑、及び筆者への殺人未遂容疑で死刑宣告を受け、現在札幌拘置支所にいる。再審請求中なので、死刑執行までにはもう少し時間がかかるだろう。

双子という特性を利用してNシステムを潜り抜けたトリックを警察に見抜かれ、逮捕まで時間の問題だと覚悟した加納卓也は、義父の花田欽也の仕事場、つまり彼が妹の彩さんと逢瀬《おうせ》を重ね、猪澤五郎さんの死体を床下に埋めた実家に向かい、彼を殺害する。彼の財産を食い潰《つぶ》すことは不可能になった以上、父・奥津行彦を殺した男に対する復讐《ふくしゅう》として、もう殺すしかなかった。花田欽也を殺害した後、加納卓也は筆者に復讐するために東京に飛び、追って来た和泉刑事に逮捕されたのだ。

卓也は、奥津進也さんと花田欽也に対する殺害容疑は認めているが、鈴木太郎さんにかんしては、自殺した彼の遺体を解体してトイレに流しただけだと主張している。だが、死体がない以上、もはやそれを証明する手だてはない。ただ、仮に鈴木太郎さんの事件にかんしては死体損壊罪にしか問えなかったとしても、二人も計画殺人で殺している以上、死刑は免れないだろう。

いずれにせよ、司法の判断を待つしかない。卓也の弁護士は最高裁まで争うと息巻いているが、進展があればまた、「週刊標榜」紙上で読者の皆さんにお伝えしたい。

最後に、筆者は青森に住む奥津行彦さんの母親、双子の祖母のリンさんに会いに行った。このような事態になって、どのようなご感想ですか？　と訊《たず》ねるために。彼女は自分の息子を殺した花田欽也への復讐のために、二人の孫を利用したのだから。

その時の彼女の答えが忘れられない。

「みな近親姦《かん》の血筋なんてろくなもんじゃないと思っているでしょう。だから、孫を死刑囚にしてやったんですよ。血が濃い人間がいると人類にとって有害でしょう。血が濃いっていうのは、それだけで罪なんです。孫が人殺しになったのも最初から罪人《つみびと》だからですよ。罪人を死刑にして処分してなにが悪いんです？　私は人類にとって善きことをしたんです」

その時、筆者は悟ったのだ。リンさんは、実の息子である奥津行彦さんを殺した犯人が花田欽也であると、薄々気付いていたにもかかわらず、警察に通報しなかった本当の理由を。

近親姦で子供を産み、その子を取り上げられ、追い立てられるようにして故郷を追われ、一人青森の地で暮らすリンさんの気持ちは想像を絶する。今回の事件では様々な人間の思惑が交差した。だが他の誰でもない、事件の発端となったリンさんを想うと、筆者は筆舌に尽くし難い畏怖《いふ》に襲われるのだ。

そのような人生を送った女性が、自分の子供を殺されたからといって、まっとうに警察に通報するだろうか。そもそも、とっくの昔に奪われた子供なのだ。事件の真相を自分だけの切り札として、いざという時のために取っておこうとしたのではないか。自分を蔑《さげす》んだ、すべての人々への、決して自分の手を汚さない復讐のために。

卓也がリンさんに会いに来た時、彼女は孤独な孫の心に入り込み、復讐のために巧みに操った。青森に蔑まれた自分という女がいる、それを世間に高らかに宣言するために。もしそうだとしたら、筆者もこの記事を書くことによって、リンさんの共犯者となったかもしれない。

リンさんだけではない。彩さん（花田欽也の妹）も性に奔放で、兄や奥津行彦さんを手玉に取った。琴菜も奥津さんとよりを戻したというのに、前の恋人とホテルに出入りした。結果双子の父親は奥津さんではないのでは、とあらぬ疑いをかけられる羽目になった。花田欽也の自宅の床下から猪澤五郎さんの死体が発見されたのは、妻の桃子さんからの情報だった。時効が成立した後、夫にすべてを知らされたが、今の生活を壊したくはなく、警察には訴え出なかったそうだ。だが夫が義理の息子に殺された今となっては、もう隠しても意味がないと観念したという。

すべての事件は男と女の間で起きている。筆者は男だから、女性の本当の気持ちは分からない。どんなに身体を重ねて、心がつながったと思っていても、男と女の間には、決して越えられない深い谷があるのではないか。様々な事件を取材するたびに、筆者はそれを思い知る。

すべてにおいて『if』はあるが、今回の事件においてもそれを感じざるを得ない。無数の『if』の、その一つでも違っていたら、もしかしたらこんなにも多くの人々の命が失われずに済んだのかもしれない。正に今回の事件は『ifの悲劇』だった。関係者各位がこの事件の痛手から立ち直って、また新たな人生を送っていくことを祈って筆を置きたい。

本書は書き下ろしです。

if《イフ》の悲劇《ひげき》

浦賀《うらが》和宏《かずひろ》

平成29年 4月25日　初版発行

発行者●郡司 聡

発行●株式会社KADOKAWA
〒102-8177　東京都千代田区富士見2-13-3
電話 0570-002-301（ナビダイヤル）

角川文庫 20291

印刷所●株式会社暁印刷　製本所●株式会社ビルディング・ブックセンター

表紙画●和田三造

ISBN978-4-04-104775-0　C0193

角川文庫発刊に際して

角川源義

第二次世界大戦の敗北は、軍事力の敗北であった以上に、私たちの若い文化力の敗退であった。私たちの文化が戦争に対して如何に無力であり、単なるあだ花に過ぎなかったかを、私たちは身を以て体験し痛感した。西洋近代文化の摂取にとって、明治以後八十年の歳月は決して短かすぎたとは言えない。にもかかわらず、近代文化の伝統を確立し、自由な批判と柔軟な良識に富む文化層として自らを形成することに私たちは失敗して来た。そしてこれは、各層への文化の普及滲透を任務とする出版人の責任でもあった。

一九四五年以来、私たちは再び振出しに戻り、第一歩から踏み出すことを余儀なくされた。これは大きな不幸ではあるが、反面、これまでの混沌・未熟・歪曲の中にあった我が国の文化に秩序と確たる基礎を齎らすためには絶好の機会でもある。角川書店は、このような祖国の文化的危機にあたり、微力をも顧みず再建の礎石たるべき抱負と決意とをもって出発したが、ここに創立以来の念願を果すべく角川文庫を発刊する。これまで刊行されたあらゆる全集叢書文庫類の長所と短所とを検討し、古今東西の不朽の典籍を、良心的編集のもとに、廉価に、そして書架にふさわしい美本として、多くのひとびとに提供しようとする。しかし私たちは徒らに百科全書的な知識のジレッタントを作ることを目的とせず、あくまで祖国の文化に秩序と再建への道を示し、この文庫を角川書店の栄ある事業として、今後永久に継続発展せしめ、学芸と教養との殿堂として大成せんことを期したい。多くの読書子の愛情ある忠言と支持とによって、この希望と抱負とを完遂せしめられんことを願う。

一九四九年五月三日